btb

Buch

Ein Staatssekretär, der brav seine Ämter aufgibt, ein Vater, der im Gesicht seiner ihm fremden Tochter nach Zeichen sucht, das Gespräch zwischen einem altgedienten Geheimdienstmann und seinem Schüler, und nicht zuletzt die ungewöhnliche Liebesbeziehung zwischen Susi und Tor, zwei starken Menschen auf einem stillgelegten Hof nahe der schwedischen Grenze – was hat das alles mit Ismael zu tun, dem legendären Geheimdienstler, den niemand zur Strecke bringen konnte? Der sich angeblich zurückgezogen hat? Dessen richtigen Namen niemand weiß und dessen Schicksal Stoff für Vermutungen ist?

Roy Jacobsen hat mit »Haus ohne Namen« einen raffinierten Psychothriller geschrieben, in dem es um Korruption auf höchster Ebene geht – und um den Selbstmord einer Frau, deren Tod nun endlich, Jahre nach dem Geschehen, auf subtile Weise gerächt werden wird…

Autor

Roy Jacobsen, Jahrgang 1955, ist einer der erfolgreichsten Autoren Norwegens und spielt eine bedeutsame Rolle im norwegischen Kulturleben. Seine Leser lieben seine Fähigkeit, genau zu beobachten und scheinbar leicht zu erzählen.

Bereits bei btb erschienen:

Schweigen am See. Roman (72213)

Aus Freude am Lesen

Roy Jacobsen

Haus ohne Namen

Roman

Aus dem Norwegischen
von Gabriele Haefs

btb

Die Originalausgabe erschien 1998 unter dem Titel
»Ismael« bei J. W. Cappelens Forlag, Oslo

btb Taschenbücher erscheinen im Goldmann Verlag,
einem Unternehmen der Verlagsgruppe Bertelsmann.

1. Auflage
Deutsche Erstveröffentlichung November 1999

Umschlaggestaltung: Design Team München
Umschlagfoto: TIB/Swanstock
Satz: IBV Satz- und Datentechnik GmbH, Berlin
RK · Herstellung: Augustin Wiesbeck
Made in Germany
ISBN 3-442-72467-8

»Weiter sprach der Engel des Herrn zu ihr:
Siehe, du bist schwanger geworden und wirst einen Sohn gebären, des Namen sollst du Ismael heißen, darum daß der Herr dein Elend erhört hat. Er wird ein wilder Mensch sein: seine Hände wider jedermann und jedermanns Hand wider ihn: und wird gegen alle seine Brüder wohnen.«

(1 Mose 16, 11-12)

Teil I

1

SEPTEMBER

Tor fand, der Mann, der ihm im Zugabteil gegenübersaß, benötige eine Zahnklammer, ein paar mehr Haare auf dem Kopf und eine ordentliche Tracht Prügel. Der Mann litt an einer Hautkrankheit, die kein Mitleid erregte, sondern irritierte, wie etwas, an dem er selber schuld war, oder wie eine gerechte Strafe.

»Wann fährt der Zug?« fragte Tor.

»Kann jeden Moment losgehen«, antwortete der Fremde.

Tor hob seinen Koffer ins Gepäcknetz und setzte sich ans Fenster. Er dachte an das Gras, das wie besessen wuchs und alle Spuren verbarg. Der Fremde war in seinem Alter, etwas älter, etwas jünger. Tor sah, daß der andere sich auf die Abfahrt des Zuges freute, denn dann würde er seinen Reiseproviant und die Thermosflasche auspacken und sich lustvoll dem Essen widmen, denn Reisen bedeutet essen, für schlichte Gemüter ebenso wie für eher komplizierte, während der Blick über friedliche Landschaften wandert, die man vielleicht niemals wiedersehen wird.

Und kaum hatte der Eisenwurm die lärmende Bahnhofshalle verlassen, als der Mann auch schon seine Tasche öffnete und ein Proviantpaket von der schwerindustriellen Sorte herausnahm. Die Hände des Mannes zitterten. Tor kannte dieses Gefühl. Selbst wenn man genau weiß, was das Proviantpaket enthält, hofft man doch auf eine Überraschung, und das Auspacken wurde denn auch mit einem resignierten Seufzer beendet. Der Mann mußte sich mit fünf dicken Broten zufriedengeben: die beiden obersten waren mit Cervelatwurst belegt, das dritte mit Salami, die dem dazwischen gelegten Papier ihren Stempel aufgedrückt hatte, ein Hinweis auf schlechte Planung und vielleicht auch zu langen Aufenthalt in einem warmen Bus. Die beiden untersten Brote waren verlockender: Frikadellen mit einem plattgedrückten grünen Kraut, zweifellos eine Folge des Wunsches, im Programm eine Steigerung zu erzielen. Vergeblich, dachte Tor, da man ja durch die Cervelat- und Salamibrote seinen Hunger gestillt und die ganze Sache schon satt hat, wenn man in den Höhepunkt der Mahlzeit beißt.

»Sicher hat Ihre Frau die Brote gemacht?« Er nickte zum Butterbrotpapier hinüber, auf dem noch unangetastet das letzte Brot lag.

»Ja«, mußte der Mann zugeben, und dabei fielen ihm zwei Krümel aus dem Mund.

»Wollen Sie denn zu dem ganzen Trockenfutter nichts trinken?«

»Doch.« Der Fremde lachte. »Aber erst hinterher.«

»Warum das?«

»Dann schmeckt es am besten, finde ich. Möchten Sie eine Tasse?«

»Ja, bitte. Wenn Sie eine übrig haben.«

Der Mann zog eine Thermosflasche von der Sorte hervor, bei der unter dem Deckel noch eine Extratasse sitzt. Tor bekam den Deckel, der größer war, aber nicht bis zum Rand gefüllt wurde. Auch die kleinere Tasse wurde nicht bis zum Rand gefüllt, aber immerhin lag der Kaffeepegel näher an der Kante, so daß beide Tassen ungefähr gleich viel enthielten.

Sie tranken.

Tor sah, wie der Mann sich mit der warmen Flüssigkeit den Mund ausspülte, hörte und sah, wie er sich mit der Zunge die Zähne putzte, und er dachte, wenn er nun einen Revolver hervorzöge und diesen auf den rechten Vorderzahn seines Gegenübers richtete und abdrückte, dann würde der Mann diese Welt anders als die meisten anderen verlassen. Es gab kein Motiv für eine solche Tat, und kein Mensch würde sich darüber freuen. Warum den Mann also nicht am Leben lassen, fragte Tor sich großzügig, wie Gott, der selbst den Häßlichen Leben schenkt und sich auf seine unerforschliche Weise auch über Menschen freut, die niemals erfahren, daß sie in letzter Sekunde in Gnaden aufgenommen worden sind. Dann zog er die einzig logische Schlußfolgerung aus der Szene, die sich an diesem hellen Septembermorgen im Zugabteil abgespielt hatte, und dachte, daß sich hier zwei scheinbar durchschnittliche Menschen gegenübersaßen und zu wenig Kaffee aus zwei nicht gleich großen Tassen tranken, während sich zwischen ihnen eine verlegene Stille ausbreitete.

2

Susi stand auf der Treppe vor dem Haus, als er kam. Wie beim letzten Mal stieg er vor dem Bezahlen aus, blieb neben dem Taxi auf dem Kiesweg stehen und sah sie, zehn, fünfzehn Meter von ihm entfernt, mit ihrem strahlenden Lächeln. Er zog seine Brieftasche heraus, beugte sich zu dem offenen Fenster vor und fragte den Fahrer, was er schuldig sei, als ob er das nicht wüßte, siebenundachtzig Kronen, ja, also neunzig, und ich brauche eine Quittung, und dann warf er einen Hunderter auf den Sitz, auf dem der Taxifahrer seine Zeitungen und eine

Papiertüte mit dem Namenszug einer Bäckerei abgelegt hatte. Er bekam einen Zehner zurück, verstaute ihn in seiner Brieftasche, richtete sich auf und lächelte Susi an, während er darauf wartete, daß der Fahrer ausstieg, den Kofferraum öffnete und ihm mit einem Nicken sein Gepäck reichte.

Sie lächelte auch.

Er sah, daß sie sich schön gemacht hatte, seinetwegen, falls sie nicht immer so herumlief, auf diesem abgelegenen Hof, um dem Leben hier einen Sinn zu geben oder sich ein wenig besser zu fühlen. Aber das wußte er nicht; obwohl er fragte und sie antwortete, konnte er nie ganz sicher sein, daß sie die Wahrheit sagte.

»Danke, danke«, sagte er und nahm seinen Koffer. »Hast du schon gewußt, daß wir so weit von allen Menschen weg wohnen, daß es siebenundachtzig Kronen kostet?« fragte er, küßte sie auf die Wange und ließ sich umarmen. Er registrierte, daß sie den Imbißgeruch weggebadet und sich in irgendein Parfüm getaucht hatte, das er gern roch, dann löste er sich behutsam aus ihrer Umarmung, ging ins Haus und stellte den Koffer neben der Treppe ab, als sei dies sein angestammter Platz.

»So groß ist unsere Einsamkeit, Susi. Siebenundachtzig Kronen. Gut, daß wir ein Heim haben. Gut, daß wir einen Schlupfwinkel haben, eine Burg, eine Festung. Hier, nimm meine Jacke, das hier ist doch der einzige Ort, wo man wie ein Mensch behandelt wird, und daß ich das genieße, das wissen die Götter.«

Er lachte und umarmte sie noch einmal, als Ausgleich für die erste, zu kurz ausgefallene Umarmung, dann legte er sich aufs Sofa, das sie in die Küche gerückt hatten, und sah ihr beim Kochen zu.

Hammeleintopf, sein Lieblingsessen, sah ihre runden Waden, die dort anfingen, wo ihr halblanger Rock endete, und die in zwei schmalen roten Schuhen steckten, sah ihren Hintern, der sich unter dem dünnen Stoff aufmunternd wölbte, sah den

Rand ihrer Unterhose, die molligen Oberarme und die Brüste, sah die Weihnachtsdekorationen, die noch immer die Fliesenwand über den dampfenden Kochtöpfen zierten.

»Könntest du mir einen Gefallen tun, während der Hammel sich der Vollendung nähert?«

Sie lachte, trocknete sich die Hände ab, kam mit einem Lächeln zu ihm, setzte sich aufs Sofa, öffnete seine Gürtelschnalle, sagte, er solle den Hintern heben, damit sie ihm die Hosen ausziehen konnte, wobei sie genau wußte, daß er es haßte, wenn der kalte Reißverschluß die Stelle zwischen Glied und Hoden berührte. Er betrachtete ihre schlanken Finger mit dem entschlossenen Griff, die auf einer Gangschaltung zu ruhen schienen, und die sich jetzt auf und ab bewegten, zuerst langsam, dann etwas rhythmischer, fast mütterlich, schließlich äußerst zielstrebig.

»Du hast einen guten Griff, Susi.«

»Hab ich immer schon gehabt.«

Er verschränkte die Arme unter dem Kopf und ließ seinen Blick von ihrer Hand zu der rot angestrichenen Balkendecke und dann wieder zu ihrem konzentrierten Gesicht und den wogenden Brüsten wandern, und schon bald war es ihm zu anstrengend, die Augen offenzuhalten.

»Aber hallo«, sagte sie mit kurzem Lachen und holte eine Küchenpapierrolle und ein Bier, das sie so energisch in ein Glas schüttete, daß es überlief.

»Wie schön, wieder zu Hause zu sein«, sagte er und trank einen großen Schluck. »Ist irgendwas passiert, während ich weg war?«

»Nichts Besonderes«, erwiderte sie und schaute in den Kochtopf, fügte dann aber hinzu: »Doch, im Dorf hat es Streit gegeben. Irgendwer wurde tot aufgefunden, und die Polizei weiß nicht so recht, wie er zu Tode kam.«

Sie sang. Als sie den Text nicht mehr wußte, summte sie. Tor hörte mit halbgeschlossenen Augen zu.

»Wie meinst du das?« fragte er.

»Was denn?«

»Diese Geschichte.«

Sie nahm den Topf von der Herdplatte.

»Sieht aus, als sei er von der Brücke gefallen, aber die Polizei meint, er könnte auch erschlagen worden sein. Die Kripo war auch schon da.«

»Und das nennst du ›nichts Besonderes‹? Ich muß schon sagen, du drückst dich rätselhaft aus, Susi. Macht dir das Alter zu schaffen?«

»Red nicht über mein Alter, Tor. Ich bin nicht mehr vierzig als vor deiner Reise, und ich halte mich gut, da sind wir uns doch einig.«

»Natürlich, aber wer ist nun dieser Tote?«

»Keine Ahnung. Zuerst war von einem Jugendlichen die Rede, dann von einem Mann von etwa fünfzig, einem Bauern, der auf der anderen Seite des Dorfes gewohnt hat.«

»Waren sie auch hier?«

»Die Polizei? Nein, sie haben hier nur angehalten, um sich nach dem Weg zu erkundigen. Und sie haben ein paar Fragen gestellt, ob ich am letzten Samstag auf dem Fest war und so, aber das war ich ja nicht...«

Tor richtete sich auf und schloß seine Hose, nahm einen Schluck Bier und stand auf, blieb vor dem Fenster mit den kleinen Fensterscheiben stehen und schaute auf die vernachlässigten Felder, die jetzt im September noch vernachlässigter wirkten als im Juli, wo das üppige Grün Wissende und Unwissende täuschen konnte: Grasbüschel und kleine Birken, die längst hätten entfernt werden müssen. Aber es gefiel ihm, wie die Natur sich das zurückholte, was die Menschen sich für einige Jahrtausende geliehen hatten. Sie hatten daraus ihre Nahrung gesogen, jedenfalls soviel, daß seine Generation nicht mehr gebückt durch diesen Dreck gehen mußte, sondern »eine Ausbildung machen konnte«, wie sie das nannten.

Diese Ausbildung hatte es ihm ermöglicht, so lange wegzubleiben, daß ihn beim Zurückkommen keine Menschenseele mehr erkannte, als er die ganze Pracht kaufte.

Er dachte jetzt manchmal, daß die Zeit nur so dahinflog. In seiner Kindheit war der Krieg eine Ewigkeit hergewesen. Jetzt war er gerade erst zu Ende gegangen. Einst hatte er einen Namen gehabt. Jetzt hatte er einen anderen. Keiner dieser Namen hatte etwas mit ihm zu tun, aber es geht auch keinen Menschen etwas an, wie man heißt, sie gewöhnen sich eben daran. Daß er damals in der törichten Unschuld seiner Jugend hier gestanden war und auf diese traurigen Felder geblickt hatte, das spielte eine Rolle, war so wichtig, daß er ein Aufkeuchen unterdrücken mußte, vielleicht aus Dankbarkeit, vielleicht aus krankhafter Empathie.

»Die Wohlerzogenen sind gefährlich«, murmelte er den kleinen Fensterscheiben zu. »Die, die sich alles gefallen lassen, die Esel und Kamele, die sind gefährlich. Hast du dir das schon mal überlegt, Susi?«

»Nein. Das Essen ist fertig. Setz dich.«

Er bohrte den Zeigefingernagel in den Spalt zwischen Fensterscheibe und Rahmen und kratzte ein wenig Kitt heraus, sah zu, wie der Kitt im staubigen Sonnenlicht einen schönen Bogen beschrieb.

»Marit schaut heute abend mal rein«, sagte Susi. »Ich hoffe, du hast nichts dagegen?«

»Nein, ich glaube nicht.«

Er setzte sich und betrachtete den neuen Teller, weiß mit dünnem blauen Rand, sechsundzwanzig Zentimeter, dachte er, klopfte mit dem Fingerknöchel darauf und lächelte Susi zu, die den Hammeleintopf in eine Schüssel füllte. »Was für einen Vorwand hat sie denn heute?«

»Sie will unbedingt über etwas mit mir reden, und sie weiß ja nicht, daß du hier bist, deshalb konnte ich nicht gut nein sagen.«

»Es dauert doch wohl nicht lange?«

»Höchstens eine Stunde.«

»Wunderbar«, sagte er. »Warum servierst du im Imbiß nicht das hier, statt dieses fritierten Drecks? Du könntest Millionärin werden.«

»Ich würde pleite gehen. Die Jugend liebt Dreck, und die jungen Leute bezahlen eben. Die anderen gehen ins Bauernverbandshaus, wenn sie auswärts essen wollen.«

»Und fressen ebenfalls Dreck, Waffeln und Grütze. Warum können die Leute nicht zu Hause bleiben?«

»Frag mich nicht. Wie war's denn in der Stadt?«

»Wie immer. Ich krieg morgen Besuch, dann mußt du doch sicher arbeiten?«

»Nein, aber ich kann in die Stadt fahren, einkaufen und den Jungs hinterherschauen.«

»Aber nicht übertreiben, Susi, sonst schneid ich dir die Titten ab.«

»Tust du nicht! Du bist doch nicht für fünf Öre eifersüchtig.«

Er lächelte.

»Unterschätz mich lieber nicht, Herzchen. Prost! Das schmeckt von Mal zu Mal besser. Wenn du vor mir stirbst, wird mir vor allem deine Kochkunst fehlen.«

Sie sagte mit plötzlichem Ernst: »Ich glaube, du wirst vor mir sterben, und mir wird alles an dir fehlen.«

»Aber, aber, Susi«, sagte er. »Wir haben doch beschlossen, nicht darüber zu sprechen. Wir können doch zusammen sterben.«

»Kann ich mich darauf verlassen?«

Er lachte verlegen, öffnete noch ein Bier und schenkte ihnen beiden ein: »Das kann ich nicht garantieren. Ich bin ein ganz normaler Mann, und ein ganz normaler Mann steckt voll Scheiße. Aber wer weiß, vielleicht passiert ein Wunder, vielleicht passiert auch gar nichts. Bist du schon satt?«

»Ich muß nur eine kleine Pause einlegen. Essen ist so anstrengend. Rauchen wir eine?«

»Draußen?«

Sie nickte. Er legte sein Besteck hin, und sie gingen hinaus und setzten sich auf eine Bank vor der Sonnenwand. Es war früher Nachmittag. Er zündete zwei Zigaretten an, gab ihr die eine und legte den Arm um sie. »Weinst du viel, Susi?«

»Ein bißchen. Aber ich hab ja Marit, wenn du nicht hier bist.«

Eine Elster flog aus ihrem Nest im Baum mitten auf dem Hof auf und landete schreiend im Gras zwischen Scheune und Haus. Als sie wieder hochflog und mit unrhythmischem Flügelschlag auf den Fluß zuhielt, tauschten sie einen Blick. Ihm fiel auf, daß das Alter ein wenig Asche in ihre Haare gestreut und winzige Linien in ihre blaßbraune Haut gezeichnet hatte.

»Soll ich dir was sagen?« fragte er und ließ seinen Blick zum Fluß wandern. »Dieses Unglück oder dieser Mord – das gefällt mir nicht.«

»Nein, wem gefällt so was schon.«

»Daß es *hier* passiert ist, das gefällt mir nicht. Hier ist noch nie etwas passiert. Das stört mich. Wir leben doch in einer friedlichen Gegend.«

»Aber wir können doch nichts daran ändern.«

Sie schwiegen, bis die Elster zurückkehrte und im Gras landete, um dann wieder in ihr Nest zu fliegen, während sich zwei Augenpaare an ihr metallisches Federkleid hefteten. Susi lachte ihr helles Lachen.

»Was hat sie um diese Jahreszeit in ihrem Nest zu suchen?«

»Das ist ein Jungvogel«, sagte Tor. »Hat noch nicht kapiert, daß der Sommer zu Ende ist und das Leben begonnen hat.«

Susi drückte ihre Kippe aus und warf sie in eine Blechdose, die neben der Bank auf einer Steinplatte stand.

»Essen wir weiter?«

3

Er hatte Marit noch nie gesehen, aber sie hatten viel über sie gesprochen. Sie war eine Friedenstaube, ein ebenso unbegreiflicher Bestandteil von Susis Leben wie er selber. Er lag im ersten Stock auf einem Flickenteppich und betrachtete sie durch das Astloch im Boden. Sie saß genau unter ihm, und er hatte einen guten Einblick in ihren Ausschnitt. Sie war dunkelblond, Anfang Dreißig und trug ein wenig zu enge Kleider. Ihr gegenüber saß Susi und war ebenso wortkarg. Er ärgerte sich, weil er nicht verstand, was sie sagten, welches wichtige Thema unbedingt zur Sprache gebracht werden mußte; es ging um irgendeinen Harald, über den sie geteilter Meinung waren. Marit beugte sich aufgeregt vor, mit allerlei Handbewegungen unterstrich sie das, was sie sagte. Ihre Brüste bebten, und Tor stellte sich vor, wie sie nackt aussah: Vermutlich hatte sie ziemlich kräftige Hüften, obwohl Frauen mit großem Busen in der Regel schmale, flache Becken hatten. Sie saß ein wenig X-beinig da, und als sie sich zurücksinken ließ und den Kopf in den Nacken warf, sah er, daß ihre in schwarze Strümpfe eingepackten Oberschenkel wie zwei ovale Kissen nebeneinander ruhten, von den Knien bis zu dem kleinen runden Bauch. Aber mehr konnte er nicht sehen, denn sie hatte ihre Jacke auf dem Schoß liegen, so, als wolle sie gleich wieder gehen, und er hatte den Eindruck, daß ihr Vorwand sehr, sehr dürftig war und verwirrten Gefühlen entsprang, unter anderem für seine Susi, die auch auf Frauen anziehend wirkte, mit ihrer sachlichen und natürlichen Leidenschaft, der nichts Menschliches fremd zu sein schien. Und nun beugte sie sich vor und berührte dabei die Knie ihrer Besucherin, zweifellos im richtigen Moment, um danach eine Hand auf den nackten Arm der anderen zu legen und ihn zu streicheln, am Ellbogen vorbei, zur Schulter hoch, während Marit ununterbrochen redete, bis sie plötzlich den Kopf in den Nacken sinken ließ, den

Mund zu einem unhörbaren Stöhnen öffnete – und ihm genau in die Augen blickte!

Doch Tor wußte, daß man durch ein Astloch in der Decke keine Augen oder Gegenstände sieht, sondern nur Bewegungen, deshalb gab er sich alle Mühe, nicht zu zwinkern, während er seinen Blick die wenigen Zentimeter über ihr Kinn und ihren Hals bis zu ihrem Ausschnitt wandern ließ, zwei Reihen kobaltblaue Spitzen direkt über den Brustwarzen, und einen Moment dachte, daß eine Frau mit soviel festem Fleisch wohl kaum ein Kind haben könne, ehe er erleichtert aufatmete. Sie hatte die Augen geschlossen, weshalb er zweimal zwinkern konnte, doch als er sich wieder der Vorstellung dort unten widmen wollte, versperrte Susis Kopf ihm den Blick, sie hatte sich noch weiter vorgebeugt. Er nahm an, daß sie Marits leicht hervorstehendes Schlüsselbein leckte, ihre Halsgrube und die Stelle zwischen ihren Brüsten. Tor war erregt, und er war verärgert, weil er nicht wußte, wie er Susi klarmachen sollte, daß sie im Weg war. Doch in diesem Moment sah er, daß sie Marits Handgelenke umfaßt und hinter ihren Rücken, hinter die Stuhllehne gedrückt hatte, und ihr offenbar befahl, in dieser Haltung sitzen zu bleiben, wodurch Marits enormer Bugspriet noch weiter vorgeschoben wurde. Und dann ließ sie – Susi – einen Fingernagel über die hervorquellende, rotgeflammte Haut wandern und öffnete das mit Spitzen besetzte Versteck, so daß eine schokoladenbraune Brustwarze hervorsprang, die sie in den Mund nahm, während ihre andere Hand die Oberschenkel der immer erregteren, aber sich weiterhin wehrenden Marit auseinanderschob und sich dann auf der Unterhose hin und her bewegte. Tor glaubte, ein leises Stöhnen zu hören, und dachte: Macht heißt, den Menschen das zu geben, worum sie nicht zu bitten wagen, und ärgerte sich, daß die Frauen gleich darauf aufhörten. Marit schien signalisieren zu wollen, daß das Geschehene nie passiert oder daß sie zumindest nicht daran schuld oder dafür verantwortlich sei, was Susi mit mütterlichem Lächeln bestätigte, dann tauschten sie eine errötende Umarmung, und die Besucherin verabschiedete sich, hielt Susis Hand einen Moment zu lange fest, in einer verwirrten Danksagung, so sah es wenigstens aus, um dann aus seinem Blickfeld zu verschwinden, weshalb er sich auf den Rücken drehen und träge die Decke anstarren konnte, bis er Schritte auf der Treppe hörte und eine Tür geöffnet wurde.

»Hast du uns gesehen?«

»Was soll ich denn gesehen haben?«

»Red keinen Scheiß, was hast du denn sonst auf dem Fußboden zu suchen?«

»Ich seh mir die Sterne an.«

»Komm her«, sagte sie, kniete sich ins Bett und streckte ihm den Hintern entgegen. Er stand zögernd vom Fußboden auf und ging hinter ihr auf gierige Weise in Stellung, öffnete ihre Gürtelschnalle, schob ihre Hose auf die Mitte der Oberschenkel, damit sie diese nicht öffnen konnte, und pflanzte ihr eine Beißspur auf jede Hinterbacke.

»Jetzt mach schon«, rief sie, und er drang hart in sie ein und hörte ein Aufkeuchen. Susi sagte nie viel, zögerte die Sache gern hinaus, weshalb er sich zurückzog und mißmutig den idiotischen Schwanzkopf betrachtete, der sich wie ein Kaiser in der forellenroten Falte unter dem prüden kleinen Auge hin und her bewegte. Er legte seine Hände auf ihre Hüften.

»Ist das schön?« fragte er heiser.

»Jetzt fick mich schon, zum Teufel!«

»Ob das schön ist, hab ich gefragt.«

»Klar ist das schön, jetzt mach schon.«

»Nicht ungeduldig werden, Susi, ich komme, wenn ich komme...«

Mitten im Satz war er da, sechs-, achtmal, konnte sich aber noch herausziehen, ehe seine Beine unter ihm nachgaben.

»Scheiße, Tor, du weißt, daß ich das nicht leiden kann.«

»Was hast du da unten im Wohnzimmer getrieben?«

»Nichts. Sie wollte einfach etwas mit mir besprechen. Also?«

»Also was? Jetzt erzähl schon.«

Susi stieß ein theatralisches Seufzen aus. »Sie und ihr Typ, Harald, haben an dem Abend unten am Fluß ein paar Jugendliche gesehen ... Himmel, Tor, können wir nicht ein andermal darüber sprechen?«

»Nein – fühl mal!«

Er stieß wieder zu, zwei-, dreimal, dann zwang er sich zu einer weiteren Unterbrechung. »Na los«, keuchte er. »Sonst sag ich, daß du blöd aussiehst, und dann kommt es dir nicht.«

»Herrgott ... sie haben diese Jugendlichen gesehen, aber als Marit das der Polizei erzählen wollte, hat der Typ sich auf die Hinterbeine gestellt.«

»Warum das denn?«

»Er ist verheiratet, und niemand soll wissen, daß er sich mit einer anderen Frau im Wald rumtreibt. Marit ist schließlich nicht irgendwer.«

»Wie meinst du das?«

»Sie arbeitet in der Bibliothek, und noch nie sind dort so viele Bücher ausgeliehen worden, um es mal so zu sagen.«

Tor prustete los. Susi schmiegte die Wange an die Bettdecke. Sie hatte wohl eingesehen, daß eine Pause angesagt war, weshalb er sich wieder bewegte, diesmal konzentriert, munter, aber verbissen.

»Mit wem ist dieser Harald verheiratet?« rief er.

»Ich kenn die Frau nicht, aber sie haben zwei Kinder und sind schon eine Ewigkeit zusammen.«

»Nicht wie wir also?«

»Nein ... Himmel, jetzt komm ich.«

Er zog sich heraus und versetzte ihr mit der flachen Hand ein paar energische Klapse, um klarzustellen, daß er sie für immer verlassen würde, wenn sie sich jetzt nicht zusammenriß. Ein rasches Zittern durchlief ihre Knie und löste eine befreiende, fast schon triumphierende Lachsalve aus, weshalb er nun das Handtuch werfen und seinen Gedanken nachhängen konnte: daß sie überhaupt nicht begehrenswert sei, sondern der Abschaum der Erde, daß auch er nicht begehrenswert sei, sondern ein Gotteslästerer und menschlicher Auswurf. Er steckte eine Zigarette an, für sie.

»Es regnet«, sagte er.

»Das ist doch schön. Du wolltest Wellblech, und ich wollte Pappe, damit der Regen nur leise zu hören ist.«

»Und wie üblich hast du deinen Willen durchgesetzt. Ich kann übrigens nicht behaupten, daß ich das bereue. Ich bereue nur sehr wenig von dem, wozu du mich zwingst.«

»Ich zwinge dich doch zu gar nichts.« Sie sah ihn an. »Im Schrank ist noch ein bißchen Whisky.«

»Und ich habe zwei Flaschen mitgebracht. Hast du Eis?«

»Ja, mach mir einen besonders steifen, bitte.«

»Aber ich geh nicht nach unten, du gehst.«

»Ich hab keine Lust.«

»Dann bleiben wir liegen.«

Sie hörten den Regen, der sich ein wenig steigerte. Der Wald stieß einen Seufzer aus, ein leises Stöhnen. Eine nasse und unbewegliche Nacht lastete schwer auf dem baufälligen Haus. Kein Wind. Die Natur, dachte er, groß und still und pompös und so langsam in ihren Bewegungen, daß nicht einmal das schärfste Auge hoffen kann, sie jemals auf frischer Tat zu ertappen. »Hab ich dir gefehlt?« fragte er.

Sie nickte mit halbgeschlossenen Augen und drehte sich zur Wand.

Er betrachtete ihre Schulter, rund und weiß, die Sprache der Haut, Leben und Alter, er mußte die Augen schließen und sich aufsetzen. Er zog seine Hose an, verzichtete aber auf die Socken, was er gleich darauf bereute, die Keramikfliesen des Küchenbodens brannten unter seinen Fußsohlen, er nahm die Eisschale aus dem Kühlschrank, mixte die Drinks, ging wieder hoch, hätte nachsehen sollen, ob die Haustür abgeschlossen war, verzichtete aber darauf. Susi hatte die Kissen vor die Wand geschoben und sich aufgesetzt.

»Prost.«

»Prost, Susi, du bist ein guter Mensch. Es gibt nicht viele von deiner Sorte.«

»Von deiner auch nicht.«

»Das liegt an meinem großen Schwanz.«

»Im Moment ist er nicht besonders groß.«

»Aber sonst?«

»Ich hab schon größere gesehen, aber er ist brauchbar. Wie findest du Marit?«

»Kann ich nicht sagen. Und was ist dieser Harald für ein Typ?«

»Ingenieur, bei der Gemeinde angestellt. Marit ist total in ihn verknallt, behauptet sie, aber sie hat auch Gewissensbisse, wegen seiner Frau...«

»Warum macht es ihr denn so große Probleme, die Sache mit diesen Knaben zu verschweigen?«

»Da ist ja schließlich jemand ums Leben gekommen. Aber ich glaube, vor allem geht es um Harald. Daß er einen Mord dermaßen auf die leichte Schulter nehmen kann... wenn es denn ein Mord war, jedenfalls paßt es nicht zu ihren romantischen Vorstellungen.«

»Aber sie haben doch nicht gesehen, daß einer von diesen Jugendlichen es getan hat?«

»Nein, aber sie waren dort, wo der Tote später gefunden worden ist. Und Marit hat einige von den Jugendlichen erkannt. Hör doch nur, jetzt läßt der Regen nach.«

Sie hörten zu, wie der Regen aufhörte. Tor sagte: »Es fließt ja noch.«

»Wo denn?«

»Hör genau hin.«

Schwaches Sickern, Tropfen.

»Die Tonne unter der Regenrinne«, sagte er.

»Ich hab immer das Gefühl, daß noch andere hier sind, zusammen mit uns, daß irgendein Idiot draußen in der Dunkelheit steht und glotzt.«

»Das war schon immer so. Daran mußt du dich einfach gewöhnen.«

4

Tor schob einen Wurm auf den Haken und dachte an Susi und den Tod. Er dachte, daß er das Leben nicht verdiene. Ich verdiene das Leben nicht, dachte er. Es war fast Mittag, und die Herbstsonne war heiß unter den gelben Laubkronen. Das Gras am Flußufer raschelte trocken im sonst triefnassen Herbst. Es war der klare Tag in einem trüben Schlamm aus Regen und tiefhängenden Wolken.

Nachdem er die Angelschnur ausgeworfen und die Rute in einem V-förmigen Zweig abgelegt hatte, lehnte er sich mit dem Rücken an einen Birkenstamm, kniff im blendenden Licht die Augen zusammen und sah den Fluß schwarz durch die gelbe Landschaft strömen. Und er dachte an den Tod. Oder an nichts. Seine Augenlider senkten sich, als er ein Bein über die Angelrute legte. Ein Tor öffnete sich. Hindurch gingen weißgekleidete Kinder mit Schläuchen in den Händen; sie wimmelten über ein ebenes Feld oder einen Exerzierplatz, füllten ihn bis an den Rand, Kinder, über deren kurzgeschorenen Köpfen breitschwingige Vögel flatterten. Sie drehten sich auf ein Signal hin um, starrten in ängstlicher Verwunderung das Tor an, schienen nicht glauben zu können, daß es hinter ihnen lag; dann preßten sie sich gegenseitig in wachsender Angst rückwärts, weiter und weiter über eine endlose Ebene …

Aber er wurde nicht von der Forelle geweckt, sondern von einem Auto, der seltsamen Tatsache, daß es anhielt, hier, an dieser menschenleeren Stelle. Tor blieb liegen, er hörte eine Autotür, danach Schritte im Kies, und er öffnete die Augen, als eine Stimme sagte:

»Hallo!«

Und er sah den Mann, mit dem er am Vortag im Abteil gesessen hatte: »Himmel, Sie sind das?« fragte der Fremde.

Tor schwieg und ließ sich nicht anmerken, daß er den anderen erkannt hatte.

»Was machen Sie hier?« fragte der Mann, als befänden sie sich auf seinem Territorium.

»Forellen fangen«, sagte Tor. »Falls welche da sind.«

»Wohnen Sie hier?«

»Falls man überhaupt irgendwo wohnt.«

»Ich habe Sie von der Brücke aus gesehen und wollte ein bißchen mit Ihnen reden. Ich bin Polizist und untersuche einen Todesfall.«

»Ich dachte, es sei Mord gewesen.«

»Das wissen wir noch nicht. Haben Sie den Verstorbenen gekannt?«

»Nein.«

»Ein Junge von achtzehn Jahren, es war hier in der Nähe. Aber davon haben Sie sicher gehört?«

»Nur Gerüchte, gestern im Bahnhof.«

»Im Bahnhof, ja. Sie sind an derselben Station ausgestiegen wie ich?«

»Kann schon sein. Ich weiß nicht, wo Sie ausgestiegen sind.«

»Ist ja auch egal. Aber so, wie ich kleine Orte wie diesen kenne, wissen viele, wer das getan haben kann. In diesem Lande haben wir ja die Gewohnheit, bei einem Mord dafür zu sorgen, daß einer unserer nächsten Angehörigen der Mörder ist.«

»Dann sollten Sie einfach die Familie des Toten und seine Freunde unter Druck setzen und abwarten, was passiert.«

Der Polizist lachte, und Tor erkannte den Mann mit dem Proviantpaket, den Clown mit der seltsamen Haut, mit Vorbiß und einem Frikadellenbrot zuviel, nicht wieder. »Ich fürchte, ich kann Ihnen nicht weiterhelfen«, sagte er. »Ich bin hier nur zu Besuch.«

Der Fremde hob den linken Schuh und schaute nach, ob Dreck unter der Sohle klebte, dann setzte er sich und betrachtete Tors Schwimmer, der unter einem Grasbüschel Zuflucht gesucht hatte. »Diese Sorte Schwimmer«, murmelte er. »Ist die nicht ziemlich passé?«

»Das interessiert mich nicht so sehr. Wenn einer anbeißt, dann beißt er eben an. Wenn nicht, dann nicht. So ist das.«

»Davon habe ich auch immer schon geträumt. Ferien. Friede.«

»Tja.«

Tor erhob sich, der Friede sollte bei dem Fremden keine übertriebenen Vorstellungen aufkommen lassen. Er holte die Angelschnur ein, warf den Schwimmer zum anderen Ufer und zog ihn langsam durch das Wasser. Sie hörten ein Plopp, dann nahm die Strömung ihn in weitem Bogen quer zum Flußlauf mit. Er holte ein, warf und schien sich dabei auf etwas ganz anderes zu konzentrieren, als auf ein Gespräch.

»Wo wohnen Sie?« fragte der Polizist.

Tor warf den Kopf in den Nacken und schwieg.

»Wie heißen Sie?« fragte der Polizist.

Tor nannte eine Art Namen und fügte hinzu: »Und Sie?«

Der andere stellte sich vor, und Tor ließ die Angelrute sinken und streckte die Hand aus. Der Fremde stand auf und nahm sie. Sie blickten einander zu lange an, aber es war der Fremde, der dann die Augen niederschlug.

»Ja, ja«, sagte er und fuhr sich mit der Hand durch die dünnen Haare. »Ich muß machen, daß ich weiterkomme. Wenn Sie etwas hören, dann finden Sie mich im Hotel. Ich werde wohl einige Tage bleiben müssen.«

Tor nickte und warf den Schwimmer wieder aus. Der Mann ging. Schritte im Gras, im Kies, eine Autotür, ein scharrender Start, dann rollte das Auto langsam aus dem Herbst hinaus.

5

Tor ließ die Angelrute fallen und schaute auf die Uhr. Es war noch nicht zwölf. Er schaute zur Sonne hoch, dann blickte er zum Hof am Hang auf dem anderen Flußufer hinüber, wo Susi jeden Moment zum Vorschein kommen, mit dem Rad vorüberfahren und verschwinden würde. Er legte sich wieder hin und stellte sich ihren BH und ihre Unterwäsche vor, Zaumzeug, das ihn an Pferdezucht und Saumtiere und ein Hundegespann auf schneebedeckten Hochebenen denken ließ, Hemmungen und Verlegenheit und eingesperrte Wut, die, wie sie behauptete, nur er befreien konnte, ein Mann, der sich selber fragte, ob er die stürmischen Außenposten zwischen Zwang und Freiheit mit aufsuchte, um sich davon zu überzeugen, daß er noch lebte, daß er eine Aufgabe hatte, einer Forderung nachkommen, vor einer Rechnung davonlaufen, sie bezahlen mußte... Widerwille, dachte er vage. Gibt es eine passendere Bezeichnung, einen solideren Schutz, einen Checkpoint Charlie des Gemüts, wo die kleinen Defekte sich von der Illegalität in die Legalität hinüberschleichen können, ein Ventil, das das Leben in Gang hält und den Tod auf Distanz?

Jetzt stieg sie aufs Fahrrad und rollte den Weg hinab, verschwand in der kleinen Senke und kam mit wehendem Rock und wehenden Haaren wieder zum Vorschein. Sie mußte im Stehen die Pedale treten, ihr Rad wackelte hin und her, dann war sie oben angekommen, ließ sich auf den Sattel fallen und rollte triumphierend die letzten Meter zur Hauptstraße hinunter, mit Wind in Haaren und Kleidern, in Gedanken versunken, ein Kind Gottes, das ihn plötzlich entdeckte und ihm munter zuwinkte, um sich dann wieder aufs Fahren zu konzentrieren. Aber er rief ihr etwas zu, was sie zum Anhalten brachte. Er ließ seine Hose fallen und winkte mit dem ganzen Leib, sah, wie sie sich vor Lachen krümmte, schüttelte aber den Kopf, als sie auf ihn zuhalten wollte.

»Wir haben keine Zeit, Susi! Später! Versprochen!«

Susi richtete sich auf und wackelte mit den Hüften. Tor legte sich wieder in die Natur und blieb liegen, bis er in der Ferne ein Auto hörte. Ohne zu zögern stand er auf.

Mit eingezogenem Kopf lief er über die Straße und hinauf zum Bach hinter dem Hof, wo er sich auf eine dichtbewachsene Felskuppe mit Blick über das ganze Tal setzte.

Das Auto kam von Osten her, aus dem Grenzgebiet, verlangsamte bei der Abfahrt sein Tempo, fuhr aber weiter, hielt dann an, setzte zurück, zögerte kurz, um schließlich ruhig zwischen den Feldern hindurch auf den Hofplatz zu gleiten. Ein Mann von Mitte Vierzig stieg aus, stand in der plötzlichen Stille, im klarsten Augenblick des Herbstes. Durchtrainiert war der Mann, geschmeidig. Er trug einen Trainingsanzug, schaute sich um, rief etwas, ohne Antwort zu erhalten, ging auf das Haus zu, klopfte und verschwand durch die unverschlossene Tür. Erst als er das Haus wieder verlassen hatte, stand Tor auf und trat zwischen die Häuser.

»Hier bist du also«, sagte der Besucher. »Wie bist du denn auf die Schnapsidee gekommen, dich hier niederzulassen?«

Er breitete die Arme aus, als wolle er Tor auf die elende Umgebung aufmerksam machen. »Bauer geworden oder was?«

Tor zuckte mit den Schultern. »Auf welcher Straße bist du gekommen?«

»Von da hinten, wie du gesagt hast. Ist was passiert?«

»Fahr den Wagen hinter die Scheune, dann ist er von der Straße aus nicht gleich zu sehen.«

Er ging ins Haus, stand am Fenster, bis der Fremde hereinkam und plazierte ihn dann auf Susis Stuhl.

»Sieht aus, als müßte ich aussteigen«, sagte er ohne Einleitung. Der Gast musterte ihn ausgiebig, nahm dann seine Tasse und hob sie ins Licht, wie um sich davon zu überzeugen, daß sie sauber war.

»Das hast du schon mal gesagt«, murmelte er und schaute sich in der kleinen Küche um, in der eine Frau ihre Spuren hinterlassen hatte, was er zu akzeptieren schien.

»Diesmal ist es etwas anderes«, sagte Tor. »Ich bin in einen Mordfall verwickelt.«

Der Fremde schwieg.

»Jemand ist hier ermordet worden, ein Kriminalbeamter ist schon im Dorf, ein seltsamer Mann mit undurchschaubarem Gesicht. Ich weiß nicht, was er denkt oder was er macht, aber er behält mich im Auge, und deshalb sollte ich mich ruhig verhalten.«

»Ein besseres Alibi könntest du dir doch gar nicht wünschen?«

»Kommt drauf an, um welchen Fall es sich handelt.« Tor lachte trocken. »Mir gefällt das nicht«, fügte er hinzu. »Und dieses Haus hier können wir nicht nehmen.«

»Dann suchen wir uns ein anderes.«

»Ohne mich.«

»Haben sie dich in Verdacht?«

»Du kannst mich als schlechten Zeugen bezeichnen, du kannst mich nennen, wie du willst, du weißt, was ich meine.«

»Ich weiß nur, daß es sich anhört, als ob dir das alles gerade recht wäre.«

»Kann schon sein.«

Tor trat vor den Spiegel, der schief an der Wand zwischen Küche und Wohnzimmer hing, wie um sich zu überzeugen, daß er wirklich hier stand. Seine Augenbrauen stießen gegen die tiefe Falte über den grauen Augen, die Furchen in den Wangen waren markanter geworden. Er war beunruhigt, und er befürchtete, diese Unruhe nicht abschütteln zu können. Er fuhr mit einem Finger über sein gerades Nasenbein; seine Wangen waren zu schlaff, sein Hals zu kräftig, die Geheimratsecken wichen immer weiter zurück, aber das Alter, in dem er auf persönliche Mängel geachtet oder andere sichtbare Erklärungen für seine Unruhe gesucht hatte, lag längst hinter ihm.

»Ich bin müde«, sagte er und fügte hinzu: »Glaube ich. Ehrlich gesagt komme ich mir vor wie eine Art Rentner. Wie alt bist du, Jonas?«

»Hundertdreißig. Was ist denn in dich gefahren? Wenn du nicht mitmachen kannst, dann ist das in Ordnung, aber hier im Wald rumzuhängen und zu jammern, das paßt nicht zu dir.«

»Ich hätte dir nicht verraten dürfen, wo ich wohne«, sagte Tor.

»Immer mit der Ruhe, ich hab ein schlechtes Gedächtnis.«

»Und du kennst mich.«

»Wie meinst du das?«

Tor murmelte in gleichgültigem Tonfall: »Irgendwas klingelt in meinen Ohren, vielleicht sind es Glocken, vielleicht ist es nur der Wald... wie viele Jahre sind das inzwischen eigentlich?«

»Das gehört zu den Dingen, an die ich mich nicht erinnern kann. Aber wenn du sentimental werden willst, dann geh ich.«

Der Gast holte Atem. Er hatte seinen Kaffee nicht angerührt. »Ist ja auch egal«, sagte er und stand auf. Sie maßen einander mit Blicken. Tor nickte langsam, wie um einen Pakt zu besiegeln.

»Komm mit nach draußen«, sagte der Gast.

Sie gingen hinter die Scheune zum Auto. Tor versetzte dem linken Hinterreifen einen Tritt, zündete sich eine Zigarette an und starrte auf die Felder, während hinter seinem Rücken ein Entschluß gefaßt und der Kofferraum geöffnet wurde.

»Ich habe hier etwas, das ich lieber nicht mit zurücknehmen möchte. Kannst du es übernehmen, als Erinnerung?«

Tor drehte sich um und sah eine längliche Hockeytasche.

»Hier gibt's doch Elche?«

»Das nehm ich an.«

Er hob die Tasche hoch, maß ihr Gewicht, horchte und nickte. Sie reichten einander die Hände. Der Gast setzte sich ins Auto, ließ den Motor an und fuhr auf demselben Weg davon.

Eine knappe Stunde später kam Susi, zwei Einkaufstaschen hingen an ihrem Lenker. Tor saß auf einer Kiste im Feld und sah ihr entgegen. Neben ihm stand ein Spaten. Sie entdeckte ihn und machte fragende Körperbewegungen. »Was treibst du denn hier draußen auf dem Feld?« fragte ihr Körper, und Tor antwortete mit seinem eigenen, mit einem Zeichen der Gleichgültigkeit. Er rauchte und schaute weiter zum Fluß hinunter. Susi legte ihr Rad auf den Boden, sprang über den Graben und kam auf ihn zu.

»Was machst du hier?« fragte sie atemlos und mit roten Wangen.

»Alte Leichen verbuddeln.«

Er stand auf, legte den Spaten über die Schulter und legte seinen Arm um ihre Taille. »Ich tu so, als ob es hilft, Susi. Machen wir das nicht immer so, so tun, als ob das hilft?«

»Doch«, sagte sie ernst. »Und dann hilft es ja auch.«

Er blickte sie fragend an.

»Das hoffe ich«, sagte er. »Das hoffe ich wirklich.«

6

Tor hatte den Countdown in dem Moment begonnen, in dem er nicht mehr warten konnte. Er erwachte am Morgen und sah einen Engel von Susis Gesicht auffliegen. Er rauchte eine Zigarette und horchte auf die stillen Atemzüge des Waldes. Er lief auf nackten Füßen in die kalte Küche, machte Feuer im Ofen, setzte Wasser auf und schaute hinaus auf die dunstigen Felder, sah, wie der Schleier sich wie goldener Staub hob, während die Wärme sein Rückgrat hochkroch und Kaffeeduft die Küche erfüllte, jetzt wie vor fünfzig oder hundert Jahren, hier wie an vielen Orten, im Leben so vieler Menschen, daß er gut einer von ihnen hätte sein können.

Er ging mit zwei Tassen zurück ins Schlafzimmer, und sie tranken den Kaffee im Bett, im selben Rhythmus. Einmal hatte er in einem Uhrmacherladen gestanden und eine Wanduhr angestarrt, die einmal tickte, wenn alle anderen Uhren zweimal tickten. Das lag an der Länge des Pendels und am Lot, einem Glaskolben mit Quecksilber, und die Uhr ging richtig, seit sie über hundert Jahre zuvor von einem Waffenschmied gebaut worden war. Er hatte niemals solchen Frieden erlebt. Die Uhr war die Seele des Ladens, sie wurde jeden Mittwoch um drei Uhr aufgezogen, nach ihrer eigenen Zeitansage.

Sie standen auf, frühstückten, Susi fuhr ins Dorf und schaltete ihre Friteusen ein, während Tor seinen Overall anzog und in die Scheune ging, um sich für sehr wenig zu interessieren, für einen alten Trecker, der nicht anspringen wollte, für den Gesang der Eulen; manchmal schulterte er auch die Axt und ging in den Wald.

Dort war gewöhnlich kein Mensch.

Er kochte. Susi kam von der Arbeit, sie saßen einander am Küchentisch gegenüber und betrogen die Welt mit einer schlichten Mahlzeit, sie tranken Bier oder Schnaps und saßen vor dem Fernseher. Tor las eigentlich lieber. Ab und zu war in dem alten Zimmer ein seltsames Klirren zu hören, und der Herbst senkte sich noch tiefer über die Wälder.

Zu gut, dachte er, viel zu gut, als er abermals ein Auto hörte, und das schon auf dem Hofplatz. Kies knirschte, Schritte waren auf der Treppe zu hören, zu einem Zeitpunkt, wo so etwas einfach nicht passiert.

Es war ein Mann, den er noch nie gesehen hatte, Mitte Dreißig, mit unruhig fragendem Blick, tadellos gekleidet in italienische Grautöne, klare Augen, Gegenwart, Jugend, blanke Schuhe auf dem lehmigen Holzboden, dem Waldboden. Doch erst, als ihm aufging, daß er diesen Mann schon einmal gesehen hatte, wurde er nervös; es hatte zu viele Sekunden gedauert, ihn wiederzuerkennen.

Der Mann war Richter gewesen, hatte Gesetzen zur Geltung verhelfen wollen; einige Jahre zuvor war er zur Wirtschaftskripo gewechselt, sicher mit denselben Idealen. Jetzt stellte er sich als Staatssekretär im norwegischen Justizministerium vor, Moland. Das fiel Tor ungefähr in dem Moment ein, in dem der andere seinen Namen nannte, Gerrit Moland. Aber er brauchte Zeit, deshalb nickte er, nachdem er ihm die Hand gereicht hatte – »Gib ihnen immer die Hand, das ist ein halber Sieg. Ein Händedruck macht alle ebenbürtig, und ein klarer Blick, neugierig, interessiert, aber niemals unterwürfig« –, zur Tür des angrenzenden Zimmers hin, wie um zu signalisieren, daß dahinter jemand schlafe, der nicht gestört werden dürfe, wies dann auf die Haustür, und der Fremde nickte verständnisvoll und ging wieder hinaus. Als sie auf der Treppe standen, sagte Tor, wenn sie unbedingt miteinander sprechen müßten, dann doch bitte unten am Fluß, bei seiner Angelstelle.

Der Staatssekretär nickte und ging zu seinem Auto – einem schwarzen Honda, Mietwagen? –, und Tor ging davon aus, daß er vielleicht eine halbe Stunde hatte.

Er ging auf den Dachboden, fand dort das Diktiergerät, befestigte es hinten an seinem Gürtel, riß das Futter seiner Anoraktasche auf und schob das Mikrofon in das Loch. Er schaute in den Spiegel, ging in die Küche hinunter, setzte sich an den Tisch und schloß die Augen. Aber niemand sprach mit ihm. Er überprüfte die Batterien im Mikrofon. »Auch in dieser Nacht hat es nicht geschneit, aber eines Nachts wird es passieren, und dann kann sich niemand mehr bewegen, ohne Spuren zu hinterlassen«, spulte zurück, hörte seine eigene Stimme und fand keine andere Erklärung als die, daß der Mann eine Bitte geäußert haben mußte.

Er ging die vierhundert Meter zur Hauptstraße, langsam, aber zielstrebig. Ein zögernder Frost ließ das Gras glitzern. Er ging zur Angelstelle, zu der er schon einen Pfad ausgetreten hatte. Die beiden Männer standen sich gegenüber und sahen einander an, eine dünne Eisschicht glitt über den schwarzen Fluß. Tor folgte ihr aus den Augenwinkeln.

»Ich bin vermutlich der letzte, den du hier erwartet hast«, sagte der Staatssekretär, sichtlich verstört von der gewaltigen Stille, die der Wald so deutlich zwischen sie legte.

»Ja«, sagte Tor, ohne die Hände aus der Tasche zu nehmen und ohne Interesse zu heucheln. Er betrachtete den Fluß, das langsam gleitende Eis, das gegen eine andere Eisscholle stieß, um dann einen weichen Sprung in eine Stromschnelle zu machen und mit leisem Rascheln zu verschwinden. Das Gedächtnis, dachte er, darf nicht zu gut sein, es fängt dich und spielt dir einen Streich.

»Wir sind uns schon einige Male begegnet«, sagte der Staatssekretär nervös. »Dreimal, um genau zu sein. Vor Gericht. In einem Fall war ich Richter, in den beiden anderen Staatsanwalt. Aber wir hatten nichts gegen dich in der Hand, und wenn ich ehrlich sein soll, hättest du mir fast die Karriere, aber auf jeden Fall die Laune verdorben, ha, ha.«

»Und was kann ich jetzt für dich tun?«

»Ich habe, wie gesagt, jetzt eine andere Stelle. Ich ...«

Er schaute sich unruhig um und atmete tief durch. »Ich weiß nicht, wie ich das sagen soll, aber ich habe beschlossen, erst dann aufzugeben, wenn ich gesagt habe, was ich sagen will. Ich brauche Hilfe, so ist das, und ich weiß einfach nicht, wen ich sonst bitten ...«

Tor hatte den Eindruck, daß der Mann redete, ohne dabei zu atmen, wie ein Hai, nicht in der Stille, sondern im Meer, um nicht unterzugehen.

»Gegen niemanden lag mehr vor«, sagte der andere. »Geldwäscherei, Konkurse, und wie du das alles gedreht hast, das hat mich beeindruckt.«

»Ich war unschuldig.«

»Na gut, ha, ha, um so besser. Aber können wir dieses Thema nicht fallenlassen und lieber ...«

»Hältst du mich für schuldig?« fragte Tor.

»Äh ... natürlich nicht, aber ...«

»Also bin ich nicht schuldig. So steht es geschrieben. ›Nicht schuldig.‹«

»Ja, sicher ... können wir uns setzen?«

»Von mir aus gern, wenn du dir einen nassen Hintern holen willst.«

»Ich wollte nur einen anderen Ton anschlagen, denn ...«

»Dann schlag einen anderen Ton an, erzähl mir, was du hier willst.«

Moland nahm die Hände aus den Taschen und versuchte, abgebrochene Zweige aus einem Gebüsch zu ziehen, um etwas zu tun zu haben. Tor ließ ihn gewähren, sah zu, wie der andere seine Mantelschöße zusammenraffte, sich setzte und eine Packung Zigaretten hervorzog.

Aber er steckte sich keine an, er saß einfach nur da und starrte sein Feuerzeug an, schien sich zu fragen, woher es gekommen sein mochte. Tor betrachtete den Laubwald. Davon war nicht mehr viel übrig. Er lag am Boden, aber die Nervenenden hielten dem sauermilchgrauen Himmel noch immer stand. Eine Schellente flog auf dem anderen Ufer vom Schilf auf, kroch auf krummen Flügeln über das Wasser, machte die Stille mit ihren verwirrten Farben noch größer.

»Sie hat keinen Wegweiser«, murmelte Tor lächelnd. »Trotzdem findet sie sich zurecht, soviel ich sehen kann.«

»Ich habe ein Problem«, sagte der andere endlich. »Schaust du dir Talentwettbewerbe im Fernsehen an, für klassische Musik?«

»Nein.«

»Letzte Woche fand eine Endausscheidung statt. Mit zwei ersten Preisen, einem für einen kleinen Pakistani, der Geige spielte wie Menuhin, wenn du mich fragst, und einem für eine kleine Norwegerin, die Mozart auf der Flöte vortrug. Sie umarmten einander, aber niemand weiß, was sie dabei sahen.«

»Und was sahen sie?«

»Die Tochter des Justizministers und einen Pakistani.«

»Haben sie ein Verhältnis?«

»Ja.«

»Und?«

»Er gehört zu einer Sippe, gegen die gerade ermittelt wird, weil sie sich angeblich auf unrechtmäßige Weise öffentliche Mittel angeeignet hat, in einem Umfang, von dem niemand ... äh ... auch nur geträumt hat. Wir sprechen gern von Mafia, wenn niemand uns zuhört, ansonsten wählen wir andere Bezeichnungen, schließlich haben wir ihnen das Geld gegeben.«

Tor lachte.

»Und diese Romanze soll ich zum Scheitern bringen?«

»Ich dachte damals vor Gericht, ich habe wirklich keine Ahnung, wie du das geschafft hast, aber du hast alle davon überzeugt, daß du ein Idiot oder der größte Pechvogel aller Zeiten bist. Du hast vermutlich den Hintern voll Flocken, deren Herkunft niemand kennt, und du wohnst hier auf einem Einödhof ...«

Tor zeigte keine Reaktion.

»Ich verstehe das nicht«, sagt der Staatssekretär. »Und das ist ja auch nicht meine Aufgabe. Du kannst machen, was du willst, darauf will ich ja gerade hinaus, du machst immer das, was du willst, deshalb bin ich hier ...« Er stieß einen tiefen Seufzer aus. »Herrgott!« als habe sein Gerede ihn erschöpft.

Tor musterte ihn interessiert.

»Kann ich deinen Schlips haben?« fragte er. »Armani, nicht wahr?«

»Was? Ja.«
»Kann ich den haben?«
»Meinen Schlips?«
»Ja.«
»Haben?«
»Ja, muß ich das noch mal sagen?«
»Nein.« Verwirrt zuckte der Staatssekretär mit den Schultern, gereizt, resigniert. Tor wußte nicht, was ihn so ärgerte, die absurde Forderung oder etwas anderes, und dann sagte der Gast plötzlich: »Na gut, hier ist er.«
Tor nahm den Schlips und hängte ihn sich um den Hals.
»Und deine Jacke?«
»Meine Jacke?«
»Ja.«
»Warum in aller Welt sollte ich dir meine Jacke geben?«
»Aus demselben Grund, aus dem du mir den Schlips gegeben hast.«
»Ich weiß nicht, warum ich dir den Schlips gegeben habe, das ist einfach passiert.«
»Ist das nicht gerade das Problem, daß du tust, worum du gebeten wirst, egal, wie sinnlos es sein mag? Jetzt gib mir schon deine Jacke.«
»Natürlich nicht.«
Tor blickte ihn lange an.
»Heißt das, daß wir eine Abmachung haben?«
»Das heißt, daß ich deine Jacke haben will.«
»Wirklich?«
»Natürlich.«
Der Staatssekretär war aufgestanden, er stand hilflos im feuchten Gras, sein Blick irrte noch immer umher.
»Na gut«, sagte er und gab sich einen Ruck. »Hier hast du sie. Aber worauf willst du eigentlich hinaus, zum Henker?«
»Auf gar nichts. Ich nutze nur die Möglichkeiten, die sich bieten. Möchtest du noch mehr hergeben?«

»Natürlich nicht, das ist doch der pure Wahnsinn.« Er ließ sich wieder ins Gras sinken.

Tor legte sich die Jacke über den Anorak und nickte zur Anlegestelle hinüber, wo unter einer Plane einige Holzbretter versteckt waren. »Gehen wir rüber«, sagte er.

Der Staatssekretär stand auf und folgte ihm. Tor zog zwei Bretter hervor, sie setzten sich, er lächelte. »Versuch es noch mal.«

»Was?«

»Zu reden.«

Moland gab sich Feuer, mußte dann aber husten und warf die Zigarette in den Fluß. Sie beobachteten träge die Reise zur Stromschnelle.

»Wie du sicher weißt«, sagt Moland mit tonloser Stimme, »hat der Staat seit den siebziger Jahren eine große Menge Geld in die sogenannte antirassistische Arbeit gesteckt. Ein Großteil dieser Mittel hat jedoch dazu gedient, einer Familie oder eher einer Sippe eine Machtbasis aufzubauen, den Krahilis, die eigentlich nur sich selber repräsentieren. Ziemliches Pech natürlich für ein gutgläubiges Regime, aber wir tragen nun einmal die Verantwortung dafür. Und diese Geschichte ist jetzt schon fast publik geworden.«

»Und da geht es nicht, daß die Tochter des Justizministers dem Sohn eines dieser geldgeilen Antirassisten die Flöte bläst?«

Der Staatssekretär lachte steif. »Die jungen Leute sind doch ein gefundenes Fressen für die Boulevardpresse. Wahrscheinlich genau dann, wenn die Staatsanwaltschaft Anklage erhebt. Alle wissen, was das bedeutet, es wird Anklagen wegen Vetternwirtschaft und Korruption hageln, gegen Ministerium und Regierung.«

Tor wurde sich erst jetzt darüber klar, daß er die Besprechung nicht an den Fluß verlegt hatte, um eine halbe Stunde zu gewinnen, sondern weil er sie mit seiner Unterredung mit dem Polizisten mit dem seltsamen Gesicht vergleichen wollte. »Hör zu«, sagte er. »Ich bin schon über fünfzig. Ich weiß, daß wir in diesem Leben alle nicht bekommen, was wir verdienen, weder du noch ich noch der Justizminister noch seine Tochter – oder meinetwegen auch das Volk. Aber dein Problem ist folgendes: Wenn dir jemand über den Weg läuft, der klüger ist als du, dann glaubst du, du seist Gott begegnet. Ich bin nicht Gott, ich bin bloß klüger als du.«

»Du hast immer noch nicht kapiert?«

»Kapiert?«

»Ich will sagen, daß ich dir nicht glaube. Kein Staatssekretär einer norwegischen Regierung begibt sich in die Einöde, weil ich einem Pakistani die Arme brechen soll, und wenn der zehnmal der Sohn eines Mafiabosses ist. Verstanden? Also sag, was Sache ist, oder hau ab.«

»Ich...« Moland starrte das schwarze Wasser an und fröstelte. Tor fischte seine eigenen Zigaretten hervor und bot sie ihm an. Moland steckte sich eine an, Tor nahm das Feuerzeug, betrachtete es, gab sich selbst Feuer und steckte es ein.

»Nicht der Justizminister hat dich geschickt.«

»Wie meinst du das?«

»Du kommst aus eigenem Antrieb. Aber warum? Hast du dich selbst in die Kleine verliebt?«

»Nein...«

Moland schien nachzudenken. Dabei rauchte er leidenschaftslos und faßte dann einen bleischweren Entschluß: »Ehe ich ins Justizministerium gekommen bin«, sagte er, »war ich im Kommunalministerium. Anderthalb Jahre. Dort war ich... verantwortlich für diese Zahlungen von etwas mehr als... viereinhalb Millionen Kronen.«

Tor stieß einen Pfiff aus.

Moland sagte: »Obwohl eine Aktennotiz vorlag, oder ein Gerücht in Dokumentform, das andeutete, daß diese Organisation eigentlich keine Berechtigung hatte...«

»Aber du hast trotzdem weiter gezahlt?«

»Ja.«

»Warum?«

Moland schwieg. »Um deiner ausländerfreundlichen Regierung allerlei Ärger zu ersparen?«

»Es erschien mir ganz einleuchtend. Die Notiz war eigentlich nur eine vage Überlegung, entstanden nach einer Begegnung mit einem Mann von der Organisation, der ... der sich am Chef rächen wollte. Jedenfalls hatten wir diesen Eindruck. Aus dem Dokument geht vermutlich auch hervor, daß die Staatsrätin ihm nicht glauben wollte. Aber sie hat immerhin die Notiz verfaßt.«

»Und sie weiß, daß du diese Notiz kennst?«

»Ja ... nein, ich habe sie unterschrieben, ehe sie archiviert worden ist.«

Tor lachte laut. »Wenn das so weitergeht, kannst du bald deine eigene Regierung bilden.«

»Hör doch«, rief Moland. »Das passierte in zwei oder drei Minuten, zusammen mit unzähligen anderen Dokumenten, Klagen und Anklagen, die wir registrieren und zu Protokoll nehmen müssen. Und soviel ich sehen konnte, waren diese Behauptungen nicht stichhaltiger als der ganze andere Unfug, mit dem wir zugeschüttet werden, wenn jemand sich überwacht fühlt oder in seinem Vorgarten ein UFO entdeckt hat. Erst jetzt kann es zur ... Katastrophe kommen.«

»Warum hast du das nicht sofort gesagt?«

»Hab ich doch. Kannst du mir helfen oder nicht?«

»Natürlich nicht. Ich tue niemandem einen Gefallen, und Typen wie dir schon gar nicht. Du bist zu gefährlich, wenn du auch nur ein wahres Wort gesagt hast.«

»Was, zum Teufel, verlangst du denn – Geld? Geld kannst du kriegen!«

»Was soll ich mit Geld? Ich führe ein einfaches Leben. Ich angele und höre das Gras wachsen oder welken.«

»Was, zum Teufel, soll ich denn...« Er schlang die Arme um den Leib und setzte sich wieder. »Nein«, sagte er dann, »nein. Ich sehe ja ein, daß es sinnlos ist, aber ich hatte mir eben gewünscht, daß dieses Dokument verschwindet, und daß die Beziehung zwischen den beiden jungen Leuten ebenfalls ... verschwindet.«

»Ich möchte dir einen guten Rat geben«, sagte Tor, der aufgestanden war. »Setz dich in dein Auto, fahr nach Hause, und vergiß, daß du jemals hier gewesen bist. Ich arbeite nicht für dich. Und ich werde es auch niemals tun.«

Er drehte dem anderen den Rücken zu und ging zu seinem Hof zurück. Als er die Hauptstraße schon hinter sich gelassen hatte, hörte er, wie der Wagen angelassen wurde.

7

Tor verbrannte immer Bücher, wenn er sich aufregte, riß eine Seite nach der anderen heraus, schob sie in den Ofen und sah zu, wie sie von den Flammen verzehrt wurde. Jetzt hätte er gern einen Roman von Hemingway gehabt, aber er fand keinen, deshalb mußte er sich mit einem von Susis Kriminalromanen begnügen. Er war noch nicht fertig, als sie nach Hause kam.

»Hast du gekocht?«

»Ißt du nicht bei der Arbeit?«

»Diesen ›Dreck‹ – nein, danke.« Sie sah ihn an. »Macht aber nichts«, fügte sie hinzu. »Ich hab ein paar Hähnchenflügel mitgebracht.«

Sie öffnete die Türe, noch ehe sie ihren Mantel ausgezogen hatte, legte die Hähnchenflügel in eine Bratenform und schob sie in den Backofen. Tor stand auf und ging unter die Dusche. Als er unter dem strömenden Wasser stand, trat sie hinter ihn und fing an, ihn einzuseifen. Das verstieß gegen Tors Prinzipien, aber er ließ sie gewähren. Er stemmte die Handflächen gegen die Fliesen, stand breitbeinig da und betrachtete ihre Hand und sein baumelndes Glied, das nicht mehr das war, was es einst gewesen war. Es zeigte nach unten, doch das Gewicht war noch vorhanden, und nun richtete es sich auf. Aber er war mit seinen Gedanken anderswo, deshalb mußte er sie einseifen und sie dazu bringen, sich vorzubeugen, damit aus der Sache etwas würde. Doch er hörte nur leises Gemurmel und fühlte einen Körper, den er nicht kannte. Als sie wieder nach unten gingen, war das Essen fertig. Er öffnete zwei Bier und stellte Gläser auf den Tisch. Susi trocknete sich mit langsamen Bewegungen die Haare, sah ihm beim Essen zu, als er Flügel um Flügel abnagte und die Knochen auf seinem Teller zu einer Pyramide auftürmte. Er stand auf und holte noch zwei Bier.

»Sag mal«, sagte er dann, »was ist eigentlich aus dem Mordfall geworden?«

»Ich glaube, die Ermittlungen sind eingestellt worden.«

»Das glaubst du?«

»Sie sind eingestellt worden. ›Eines natürlichen Todes gestorben‹ oder so.«

»Und warum sagst du mir das erst jetzt?«

»Weil ich es erst gestern erfahren habe, oder vor ... drei Tagen. Aber was hat das mit deiner schlechten Laune zu tun?«

»Was heißt hier schlechte Laune.«

Er hatte über eine Stunde lang zusammen mit einem Mann in einem Zugabteil gesessen und nicht begriffen, wer dieser Mann war und was er wollte, daß er nicht von der Kripo war, sondern von der Überwachungspolizei oder vom Nachrichtendienst, Tors altem Arbeitgeber. Das Proviantpaket zumindest hätte seinen Verdacht erregen müssen, ha, ha, denn natürlich konnten sie ihn nicht in Ruhe lassen, jetzt, wo die Dienste auf den Kopf gestellt werden sollten und das »Volk« einen Sündenbock brauchte, auf einem silbernen Tablett serviert. Aber was war bloß mit dem Gesicht dieses Mannes ...?

»Wovon redest du, Tor?«

»Was . . . ich murmele.«

»Dann murmle lauter, damit ich dich verstehen kann.«

»Das willst du nicht.«

»Natürlich will ich das.«

»Woher willst du das wissen?«

Sie nahm sich einen Hähnchenflügel und saugte das Fleisch mit den Lippen ab. »Need to know«, fügte er mit kryptischem Mißmut hinzu. »Du bist unschuldig wie ein Lamm, mein Herz, und so sollst du auch bleiben.«

»Was für ein Unsinn.« Sie warf den Hähnchenflügel, und er fing ihn mit den Zähnen auf. Sie lachte beeindruckt. »Das hast du lange geübt.«

»Es gibt vieles, was du nicht über mich weißt, Susi.«

»Hör schon auf! Entweder sagst du mir, was dich so quält, oder du hältst die Klappe.«

Die Hähnchenknochen knackten zwischen seinen Zähnen. Sie tranken Bier und musterten einander über den Schaum hinweg.

»Du brauchst nichts zu sagen«, sagte Tor. »Wenn du mich so anschaust, bekommst du alles, was du willst.«

»So war das nicht gemeint.«

»Ich weiß, wie das gemeint war.«

Er erhob sich, stellte die Teller ins Spülbecken, ließ das Wasser laufen, zeichnete mit Spülmittel einen Kreis in das gelbrote Fett, sah zu, wie es im Abfluß verschwand, als Spirale, die immer kleiner wurde.

»Heute war ein Typ hier«, erzählte er der Wand, »und wollte wissen, ob ich für ihn einen Job machen würde. Einen Scheißjob. Aber wie hat er mich gefunden? Das ist die Frage. Na ja, ich hab nicht gefragt, so klar war ich immerhin im Kopf, daß ich nicht gefragt habe . . .«

»Tor!«

»Ja?«

»Du murmelst schon wieder!«

»Bestimmt nicht.«

»Bedeutet das, daß Schluß ist?«

»Womit soll Schluß sein?«

Sie wiederholte die Frage, er drehte sich um und sah sie an. »Nein, nein«, sagte er. »Niemand wird das hier ruinieren. Keine Angst, Susi. Den Cognac trinken wir doch wohl im Bett?«

Sie schüttelte so heftig den Kopf, daß die Haare ihr Gesicht verbargen.

»Ich setze Kaffee auf«, murmelte sie. »Geh du schon mal ins Bett.«

Er ging hinauf ins Schlafzimmer, streifte seinen Bademantel ab und legte sich nackt ins Bett. Die Dunkelheit kam zum Fenster herein. Ein Krater der Stille. Er dachte, daß sich dieser Krater nicht verstecke. Er lag da und horchte auf ihre Schritte unten im Haus, Schritt für Schritt, eine Schranktür, der Deckel der Kaffeekanne, ein Stuhl, das leise Gemurmel des Hauses, dann kam sie leichtfüßig die Treppe hoch.

Er schenkte Cognac ein und trank langsam, während sie unter die Decke schlüpfte und den Kopf auf seinen Arm legte. Er spürte ihre Finger.

»Herrgott«, sagte er und stellte sein Glas weg, damit sie sich auf ihn rollen konnte. »Du bist wunderbar. Lehn dich zurück, und laß dich ansehen.«

Sie preßte neben seinen Waden die Handflächen gegen die Matratze und wälzte sich hin und her, ein Ballon, der gen Himmel strebt, und ein weiteres Mal war er davon beeindruckt, daß sie eine so gleichmäßige Steigerung halten konnte, während ihre Brustwarzen so groß wurden wie Pflaumenkerne, während sie eine Gänsehaut bekam und ihr Atem klang wie das leise Rascheln verwelkter Blätter. Er schob einen Finger in sie hinein wie einen Abzugshahn und hörte die befreienden Geräusche, oder war es eine Form von Resignation?

»Was war los mit dir?« fragte sie nach einer Weile.

»Gute Frage. Es war so wie die Entdeckung, daß du keinen mehr hochkriegst.«

»Das muß schrecklich sein.«

»Ist es auch.«

Sie stießen an. Tor hörte Flügelschläge in der Dachrinne. Er stand auf und schaute hinaus, sah nichts. Er öffnete die Kleiderschranktür und nahm einen Kassettenrecorder heraus, stellte ihn auf den Nachttisch und drückte auf »Play«. Sie hörten sich das Gespräch zwischen ihm und dem Staatssekretär Gerrit Moland aus dem Justizministerium an. Susi trank langsam.

»Hat er dir wirklich seine Jacke gegeben?«

»Mhm.«

Tor streifte seinen Bademantel über und verließ das Zimmer. Es hatte geschneit. Er dachte, daß er das gehört habe. Er lief über den Hof und in den Stall, schaltete die Hoflampe an und betrachtete seine Spuren. Durch die Stallfenster konnte er Straße und Felder sehen. Er zog sich aus und spürte, wie die Kälte an seiner Haut kratzte. In diesem Augenblick ergoß sich das Mondlicht über die Landschaft, der Fluß zeichnete sich wie ein Aal vor blauem Sandboden ab, kein Eis, keine Bewegung, keine Geräusche.

Er legte sich den Schlips um den Hals und zog den Knoten fest; noch immer war sein Blick auf das blaue Licht gerichtet. Er zog Jacke und Bademantel an, ging wieder über den Hof, drehte noch eine Runde um das Haus, sah aber nur seine eigenen Spuren. Trotzdem spürte er eine unmißverständliche Übelkeit, das Uhrwerk funktionierte nicht mehr.

»Was für ein Gespräch«, sagte Susi, als er wieder ins Schlafzimmer kam. »Und was hat das alles zu bedeuten?«

Er zeigte ihr die Jacke. Sie setzte sich auf und betastete den Stoff.

»Elegant. Billig kann die nicht gewesen sein.«

»Nein, sie ist von Armani. Macht ein gutes Gefühl, weißt du. So könnten wir auch leben, Susi, wenn wir wollten.«

»Wie meinst du das?«

»Ich habe Geld. Das habe ich dir nicht gesagt, weil ich es für keinen besonderen Zweck angehäuft habe; es gibt vieles, was du nicht über mich weißt, Susi.«

»Was wollte er denn eigentlich von dir?«

»Keine Ahnung. Er kam mir vor wie ein Mann, der nicht weiterweiß und auf die blödesten Ideen kommt. Aber nicht das macht mir so zu schaffen.«

Er hängte die Jacke auf einen Kleiderbügel, behielt aber den Schlips um den Hals und schenkte sich Cognac nach. »Was mir zu schaffen macht, ist, daß er mich gefunden hat. Kein Mensch weiß, wer ich bin, wie ich heiße oder wo ich wohne. Nicht einmal du. Aber ich hätte kapieren müssen, daß sich etwas zusammenbraut, schon im Zug ...«

»Der Polizist?«

»Polizeiinspektor Soundso, hat er behauptet, aber sicher ist er von der Überwachungspolizei, ein Bekannter des Staatssekretärs. Er ist ihm vielleicht einen Gefallen schuldig und war clever genug, sich um seine Tarnung zu kümmern – durch diesen Todesfall hier im Dorf.«

»Du meinst, er hat dich beschattet?«

Er sah sie an.

»Wie siehst du das denn?«

»Keine Ahnung. Ich kenne dich nicht.«

»Das Schlimmste ist, daß ich mir seinen Namen nicht gemerkt habe und daß ich mich jetzt einfach nicht mehr daran erinnern kann.«

»Du bist doch pensioniert«, sie lächelte.

»Der Blitz schlägt immer ein, wenn wir schlafen.«

Sie zog an seinem Schlips und gab ihm einen Kuß. »Mir macht noch etwas anderes zu schaffen«, sagte er. »Ich weiß einfach nicht, ob zwischen den beiden eine Verbindung besteht. Wenn es eine gibt, bedeutet das, daß sie wußten, mit dieser Pakistani-Geschichte würden sie mich nicht überzeugen. Was wiederum bedeuten muß, daß sie wissen, daß mich nur die Angst, nicht in Ruhe gelassen zu werden, aktiv werden läßt – verstehst du?«

»Nein.«

»Sie versuchen, die Toten wieder zum Leben zu erwecken. Das kann bedeuten, daß sie nichts gegen mich vorliegen haben, noch nicht, daß sie aber wünschen, etwas gegen mich in die Hand zu kriegen. Vielleicht wollen sie auch feststellen, ob ich noch operativ bin, weil sie mich brauchen, oder weil sie sich einen Überblick über mein Netzwerk verschaffen wollen, oder weil sie ...«

»Tor!« er musterte sie zerstreut.

»Laß es noch einmal ablaufen«, sagte er, hielt sie jedoch zurück, als ihr Finger den Knopf berührte. »Wir müssen feststellen, ob dieser Typ wirklich verzweifelt ist. Und wenn, dann ist es vielleicht eine eigene blöde Idee und geht mich nur insofern was an, als er mich für groß und stark hält. Wenn er dagegen spielt ...«

»Es ist doch beides denkbar, daß er verzweifelt ist und daß er spielt oder es auf dich abgesehen hat?«

»Aber dann führt jemand anders Regie, und die Lage ist genauso düster.« Er unterbrach sich. »Aber wie hängt das alles zusammen? Mein einziger Hinweis ist dieser Fall. Was mich quält, ist, daß sie mir diesen Eindruck vermittelt haben. Sie wissen doch, daß ich mich nicht in ein solches Spiel hineinziehen lasse.«

»Das ist spannend.«

Er verdrehte die Augen.

»Schalt jetzt das Band noch mal ein.«

Sie lauschten. »Wie alt ist er eigentlich?« fragte Susi.

»Jung genug, um den Unterschied zwischen zwei Rockgruppen zu hören. Sieben-, achtunddreißig.«

»Er kommt auffallend schnell zur Sache, finde ich.«

»Das liegt daran, daß ich ihn nervös mache.«

»Er muß ziemlich stark sein, um diesem Druck zu widerstehen?«

»Ja, aber das ist er nicht. Er läßt sich treiben. Er sieht aus wie einer, der spielt, allerdings mit offenen Karten, weil er weiß, daß er sie nicht verstecken kann.«

Sie lauschten. Susi drückte auf den Stopp-Knopf.

»Ist es denkbar, daß der Staat einer solchen Organisation Geld gibt, ohne zu überprüfen, was mit diesem Geld geschieht?«

»Sie könnten die Buchhaltung frisiert haben. Der Fall an sich scheint ja zu klappen. Das bedeutet, daß jeder schwache Punkt ebensogut auf Dummheiten beruhen kann wie auf Brüchen in einem raffinierten Plan, und Dummheiten wirken immer glaubhaft.«

»Dann kann es doch einfach so sein, daß der Typ in der Klemme steckt, daß er sich in den Kopf gesetzt hat, du könntest ihm helfen, und daß er, wie du gesagt hast, einen Freund bei der Überwachungspolizei gebeten hat, dich ausfindig zu machen.«

Tor wiegte seinen Kopf hin und her. Sie hörten sich das Gespräch noch einmal an. Susi tippte mit einem roten Fingernagel auf den Rewind-Knopf und sah Tor gespannt an, während das Geräusch des zurückspulenden Bandes durch das Zimmer flirrte. »Und dann passiert vielleicht gar nichts mehr«, murmelte sie hoffnungsvoll. »Wenn du nichts unternimmst, meine ich.«

»Wenn in den nächsten zwei Wochen nichts passiert, dann ist das Problem ausgestanden. Und wenn doch, dann habe zumindest nicht ich den ersten Schritt gemacht, auch wenn ich fürchte, daß das ein magerer Trost ist.«

»Kannst du denn nicht einfach abwarten?«

»Gerade das kann ich sehr gut. Einfach stillsitzen, wenn ich glaube, daß jemand ›spring‹ zu mir sagt. Das hat mir schon immer großes Vergnügen bereitet. Da waren doch noch zwei Hähnchenflügel übrig, oder nicht?«

8

Tor ließ die Motorsäge langsam absterben und setzte den Fuß auf den Keil, den er in den Spalt geschlagen hatte, legte den Kopf in den Nacken und blickte in einen dünnen Schneeschleier hinauf, der sich über die Baumwipfel gelegt hatte. Er drückte fester auf den Keil, aber der Baum bewegte sich nicht. Tor schlug mit der Axt auf den Keil, eine unsichtbare Welle lief durch den Baum, ein leises Knacken, der Baum verlor die Balance und geriet in ein lautloses Schweben. Tor schloß die Augen, als der Krach seine Ohren traf, und öffnete sie erst wieder, als die Schneewolke sich gelegt hatte.

Der Baumstumpf hatte eine hohe Treppenstufe, und die Fallspalte verlief schräg. So fällt ein Feiger seinen Baum, murmelte er und machte sich ans Entästen und mußte mitten im Stamm eine Pause einlegen; die Spitze war zu lang geraten. Mißbilligend musterte er seine Arbeit und schnitt den Stumpf gerade.

Es war schon nach zwölf, sein Rücken tat ihm weh, der Himmel war klar wie Wasser. Er ging in die spärlich eingerichtete Baracke, schob einige Holzscheite in den Ofen und legte sich auf die schmale Pritsche, betrachtete die Zeichnungen, die den Mann darstellen sollten, mit dem er im Zugabteil und später am Fluß zusammengesessen hatte. Jede Zeichnung wirkte irgendwie richtig, aber so, wie sich ein Halbton daneben nur von einem guten Ohr identifizieren läßt, bekam er die Augen nicht zu fassen, der Blick blieb unscharf.

Er griff zum Bleistift und strichelte die Wangen magerer, hob die eine Augenbraue, wie man es auf gewissen Jesusbildern sieht, hob dann die andere; die Haare waren nicht strähnig genug, der Vorbiß gehörte in eine Karikatur, und noch immer machte vor allem der Blick Probleme. Wenn man etwas sucht, dann sucht man gewöhnlich in seiner eigenen Vergangenheit, nach sich selber, nicht nach anderen, wo man es finden könnte.

Einmal hatte er seinen Alkoholkonsum einschränken wollen. Aber sein vierzigster Geburtstag stand vor der Tür, und es gab massenhaft Schnaps im Haus. »Den kann ich doch mit zur Arbeit nehmen«, hatte seine Mitbewohnerin vorgeschlagen, »dann wirst du nicht in Versuchung geführt.« Ja, das war immerhin eine Idee gewesen. Doch als der Tag schließlich gekommen war, ging sie einfach zum Kleiderschrank und zog die Flaschen hervor. Warum hätte sie die denn ins Büro und wieder zurückschleppen sollen, wo sie doch auch hier untergebracht werden konnten? Tor hatte eine kurze Bilanz der letzten Tage gezogen, sechs Tage waren es insgesamt, in denen er mit zwei gleich starken Gefühlen durchs Haus gewandert war: mit der Sehnsucht nach einem Schnaps und der Erleichterung darüber, daß er einen im Haus hatte. So ähnlich sah sein Leben aus, seine Arbeit, seine Welt überhaupt, die Welt, die er kannte.

Ein andermal traf er nach einer ungewöhnlich anstrengenden Reise im Hotel Kempinski in Berlin ein, mit dem einzigen Gedanken: Schlafen. Aber ein Portier wollte unbedingt seine Taschen tragen, und Tor hatte so viele, daß ihm nicht sofort ein plausibler Grund einfiel, dieses Angebot abzulehnen. Sie gingen zusammen zum Fahrstuhl, und der Mann fing ein Gespräch an und redete sich durch sämtliche Stockwerke hindurch, aus dem Fahrstuhl heraus und ins Zimmer, und Tor sagte ja und ach, wenn er annahm, daß es gerade angebracht war, und merkte erst, als er dem Mann einen Fünfer zustecken wollte, daß er den Kurier vor sich hatte, den er in Berlin treffen sollte.

Der Kurier dagegen verhielt sich wie ein Profi, steckte das

Geld ein und verließ das Zimmer in der Gewißheit, daß die Meldung weitergegeben war. Das war sie nicht. Tor brauchte die ganze Nacht, um das Gespräch zu rekonstruieren.

»Gott sei Dank, daß es einer von uns war«, hatte sein Chef gesagt.

Das Leben ist ein Alptraum aus Bagatellen und Selbstverständlichkeiten, und man erkennt erst im nachhinein, daß man hätte schlafen können oder daß man das gute Leben verpaßt hat.

Er lag mit geschlossenen Augen da und hörte nichts, nicht einmal den Wald. »Gott macht sich in Kleinigkeiten bemerkbar. Durch die Einzelheiten spricht er am aufrichtigsten mit den Menschen.« Und konnte Daniel nicht Träume deuten, an die die Träumenden sich selber nicht erinnern konnten? Er hatte vor, hier im Wald eine Hütte zu bauen, ein Versteck und eine Falle, an einer Stelle, an die nie ein Mensch kam. Es würde seine Zeit brauchen. Es würde seine angemessene Zeit brauchen, und er konnte den Winter nutzen, den Schnee, den Frost, das Tauwetter, bis die Vögel wieder ihre glasklaren Töne über dem Wald ausgossen, wie Frühlingsregen, die tragischen Rufe der Eulen. Neben ihm stand ein Mann mit überraschend weißen Haaren, in die das Sonnenlicht hineingestrahlt und wo es sich häuslich niedergelassen zu haben schien, um ihn unsichtbar zu machen; so denkt man über sich selber, dachte er, wenn man sich von außen sieht, oder in einem Traum, wenn einem jemand in die Pupillen leuchtet, was er doch nur tut, weil er wissen will, ob man noch lebt. Er erwachte mit dem Gefühl, jemand sei dagewesen und habe etwas mitgenommen, sein Leben oder seine Identität, wie ein rechtloser Gefangener, der in seiner Zelle die Augen aufschlägt und auf dem Boden vor dem Bett die schmutzigen Fußspuren des Wärters sieht.

Mit vibrierenden Nasenlöchern und getrockneter Spucke an Kinn und Hals stand er auf. Er hatte anderthalb Stunden geschlafen, er war steif und kalt, er packte in aller Eile, schob die Zeichnungen in seinen Rucksack, verschloß ihn und legte die drei Kilometer zum Hof in raschem Tempo zurück, in seinen eigenen Fußspuren, ohne sich umzusehen. Er hatte die Dusche gerade erst verlassen, als er einen Wagen auf dem Hofplatz hörte, gefolgt von harten Schlägen gegen die Haustür.

Der Junge lächelte ihn an, als er öffnete, und fragte, ob er einen Fernseher und eine Satellitenschüssel bestellt habe. Tor nickte. Tor ließ den Jungen ein.

»Ich wollte gerade Kaffee machen«, sagte er.

»Den kann ich bei der Arbeit trinken«, sagte der Junge. »Warum haben Sie nicht jemanden aus dem Dorf beauftragt?«

»Weil ich das Beste wollte. Nur das Beste ist gut genug.«

Tor ging mit dem Jungen nach draußen; sie beschlossen, die Antenne über der Veranda anzubringen. Tor half beim Tragen, danach blieb er in der Küche, während der Junge Kabel verlegte und durch die offene Wohnzimmertür lauthals mitteilte, daß der galoppierende Fortschritt nun wirklich den letzten Winkel erreicht habe. Tor erwiderte, er interessiere sich vor allem für Sport und Tiersendungen. Sie einigten sich auf ein Abo, sie trugen den alten Fernseher aus dem Haus und den neuen hinein, und Tor blieb auf der Türschwelle stehen und schaute dem Jungen nach. Zwischen den beiden Reifenspuren verlief der verwackelte Abdruck von Susis Rad. Vielleicht fand er eine gute Erklärung dafür, warum sie sich das Auto kaufen könnte, einen BMW, von dem sie oft laut träumte, einen schönen BMW, gebraucht und weinrot.

Er zappte von Sender zu Sender, sah sich Nachrichten in verschiedenen Sprachen an, sah Werbung, schaltete den Fernseher dann aber aus, holte Holz und hatte das Essen fertig, als Susi den Hang zur Hauptstraße hochkam, auf ihrem wackelnden Rad, auch heute mit zwei Einkaufstaschen am Lenker. Und wieder stieg die undefinierbare Übelkeit in ihm hoch. Er ging nach draußen, schaute sich um, umarmte Susi und trug die Taschen ins Haus.

»Zum Glück habe ich übers Wochenende frei«, seufzte sie und ging nach oben ins Badezimmer, während Tor einen Blick in die Kochtöpfe warf und ihr dann folgte. Er setzte sich auf den Klodeckel und betrachtete sie durch den kleingeblümten Vorhang, der an ihrer nassen Haut klebte.

»Heute ist etwas passiert«, rief sie plötzlich durch das strömende Wasser, als wisse sie, daß er dort saß.

»Ach?« rief er zurück und zuckte beim Klang seiner Stimme zusammen.

»Martin hat mir die Teilhaberschaft an seinem Laden angeboten. Er kann ja nicht mit Geld umgehen. Aber wahrscheinlich sollte das nur ein Witz sein.«

Tor zog den Vorhang beiseite und sah sie an, sie schlug wie ein junges Mädchen die Augen nieder.

»Und was hast du dazu gesagt?« fragte er. »Als Witz?«

»Daß ich es mir überlegen würde.«

»Das bedeutet sicher, daß du mit mir darüber sprechen willst.«

»Das nehme ich an.«

»Ja, sie wissen ja nicht, was du gemacht hast, bevor du hierherkamst«, sagte er und ließ den Vorhang fallen. »Du kannst doch Ersparnisse haben, zusätzlich zu dem Geld, mit dem du den Hof gekauft hast, der hat ja nicht viel gekostet.«

»So was ähnliches habe ich auch gedacht.«

»Von wieviel Geld ist die Rede?«

»Zweihundert... tausend. Dann bin ich Mitbesitzerin von allen vier Filialen und brauch nicht mehr den ganzen Tag in diesem schrecklichen Dampf zu stehen.«

Tor trommelte gegen die Fensterscheibe, wischte sie trocken und betrachtete sein Spiegelbild. »Ich könnte die Einkäufe übernehmen«, sagte Susi. »Dafür sorgen, daß die anderen ihre Arbeit tun. Martin schafft das nicht.«

»Hat er das auch gesagt?«

»Er hat es erwähnt, ja.«

Tor drehte sich um und sah zu, wie sie Shampoo aus ihren Haaren spülte. Er hielt ihr ein Handtuch hin, als sie aus der Dusche kam. »Riech mal«, sagte sie, und er schnupperte lange an ihren nassen Haaren, so lange, wie er es für angebracht hielt.

»Kein Fritieröl«, murmelte sie. »Kein verdammtes Junkfood. Aber du solltest doch erst mal bei der Bank vorbeischauen und nachsehen, wie es mit diesem ... Geschäft aussieht.«

»Hab ich schon gemacht.«

»Und?«

»Es sieht gut aus, aber es wird vielleicht noch besser aussehen, wenn ich erst einmal eingestiegen bin.«

»Jetzt sag mir noch, machst du noch mehr hinter meinem Rücken?«

»Kein bißchen.«

»Und niemand wollte dein Geld sehen?«

»Die verlassen sich auf meine schönen blauen Augen.«

Er reichte ihr einen BH und sah zu, wie sie ihn schloß, er gab ihr Strümpfe und Unterhose und ein enges schwarzes Kleid und sah, wie sie alles über ihren schönen Körper streifte und sich vor dem Spiegel über dem Waschbecken schminkte.

»Warum ist es viel aufregender, einer Frau beim Anziehen zuzusehen als beim Ausziehen?« murmelte er.

»Weil du sie dann wieder ausziehen kannst«, erwiderte sie und preßte die Lippen aufeinander. »Aus und an. Aus und an. Heute ist Freitag, Tor. Hast du eine Überraschung für mich?« Sie drehte sich um und zeigte ihm einen kirschroten Schmollmund.

»Wunderbar«, sagte er. »Vielleicht hab ich ja sogar zwei.«

Sie griff zu einem Parfümflakon, den er ihr aus dem Ausland mitgebracht hatte, und führte ihn mit Hexenbewegungen hinter ihre Ohren. Sie wechselten im Spiegel einen Blick.

»Nun sag schon.«

»Ich habe beschlossen, dir ein Auto zu kaufen«, sagte er, fast wegwerfend. »Dann kannst du auch die zweihundert haben, wenn du brav bist.«

»Meinst du das wirklich?«

»Sehe ich aus wie ein Lügner?«

»Woher soll ich das wissen?«

»Du kannst dich doch auf meine schönen blauen Augen verlassen.«

»Dann weiß ich nicht, was ich sagen soll.«

»Sag einfach gar nichts.«

Er drehte sich um, sie gingen nach unten und setzten sich im Wohnzimmer an den Eßtisch. Tor servierte Frikadellen in brauner Soße, Kohlpüree, Kartoffeln, Preiselbeermarmelade und Bier. Er hatte Kerzen auf den Tisch gestellt und im Kamin ein Feuer gemacht. Er betrachtete sie im Schein der vielen Flammen, blies die Kerzen aus und schaltete die Deckenlampe ein.

»Du hast abgenommen, Susi!«

»Kann ich mir nicht vorstellen.«

»Ich kann dünne Frauen nicht leiden.«

»Ein Raubtier auf Jagd. Das gefällt mir an dir, Tor, daß du niemals schläfst.«

»Du hast gehört, was ich gesagt habe?«

»Dann wirst du mich wohl auch in Zukunft noch mögen. Ich sollte vielleicht erzählen, ich hätte geerbt, was meinst du?«

»Na ja, aber dann mußt du auch Erbschaftssteuern zahlen. Es ist bestimmt besser, wenn du ein Geschenk bekommst, als Vorschuß auf die Erbschaft, von einem Großonkel, von dem niemand hier je gehört hat.«

Susi stellte ihr Glas hin und starrte in die Zimmerecke.

»Haben wir einen neuen Fernseher?«

»Ja, das hatte ich vergessen. Und eine Satellitenschüssel, alles heute gekommen, auf deinen Namen bestellt.«

»Du spinnst!«

»Du bist eine Fernsehsklavin, Susi.«

»Ja, aber ...«

Sie wischte sich die Finger ab, stand auf und nahm die Fernbedienung. Tor hörte Stimmen aus einer Kindersendung. Bruchstücke eines englischen Nachrichtenprogramms, ein paar Autogeräusche und Sätze, bei denen es sich um einen Dialog aus einer Seifenoper handeln mußte. »Wie viele Sender kriegen wir eigentlich?«

Sie zappte sich durch das Register und blieb dann bei einem schwedischen Sender stehen, drehte den Apparat leiser und setzte sich wieder.

»Du bist immer für eine Überraschung gut, Tor. Was ist denn bloß in dich gefahren?«

»Ich möchte dir etwas zeigen. Aber zuerst essen wir und trinken einen Schnaps. Morgen machen wir eine Skitour.«

»Das machen wir nicht. Ich habe als Kind zuletzt Skier an den Füßen gehabt.«

»Dann wird's aber Zeit.«

»Leckere Frikadellen, wo hast du das gelernt?«

»Aus dem Kochbuch. Mehr?«

»Ja, bitte. Das sind also nicht Mutters Frikadellen?«

»Wer keine Mutter hat, braucht ein Kochbuch.«

»Aber du hast doch eine Mutter gehabt?«

»Kann ich mir nicht vorstellen.«

Er füllte ihren Teller, ging in die Küche und setzte Kaffeewasser auf. Er holte Gläser und Cognac, warf die letzten Holzscheite in den Kamin und ging mit dem Holzkorb aus dem Haus. Der Mond schien, und seine Übelkeit hatte sich gelegt. Sie hatte ihn den ganzen Tag geplagt, aber nun hatte sie sich gelegt. Ja, so war das. Keine Schmetterlinge mehr im Bauch. Er hätte gern gewußt, ob das ein gutes Zeichen war. Das war eine grundlegende Frage. Ein gutes Zeichen? Eine Frage ohne Antwort. Der Schnee unter seinen Füßen knirschte. Es war Halbmond, aber so hell, daß die Sterne unsichtbar waren. Er packte Holz in den Korb, richtete sich auf, sah sich um, keine Übelkeit, und ging wieder hinein.

Susi räumte gerade den Tisch ab. Er blieb stehen und ließ seinen Blick zwischen ihr und der schwarzen Fensterfläche hin und her wandern. Er zog die Vorhänge vor, und als Susi den Kaffee brachte – und sich neben ihm aufs Sofa setzte –, sagte er, so könne es nicht weitergehen, er müsse am Montag verreisen, das Auto kaufen und Geld auf ihr Konto einzahlen. Dann werde er zurückkommen und ein paar Tage bleiben, und vielleicht werde er sich ruhiger fühlen, aber im Grunde glaube er nicht daran, deshalb werde er in ein oder zwei Wochen wohl eine weitere Reise machen müssen, das komme darauf an, vielleicht könne er ja auch alles auf einmal erledigen, man könne ja nie wissen.

Er sah, daß sie Tränen in den Augen hatte.

»So nicht, Susi, das hatten wir abgemacht, keine Tränen. Wir sind zwei glückliche Menschen, in einem Haus auf dem Lande, wie es in Norwegen heißt. Wir leben in Norwegen. Wir haben keinen Grund, uns zu beklagen.«

»Ich bin es nicht gewöhnt, zu bekommen, was ich mir wünsche. Und jetzt bekomme ich es. Und es läuft nicht.«

»Natürlich läuft es.«

»Aber so kann es nicht weitergehen.«

»Es kann weitergehen.«

»Nein, das kann es nicht.«

Sie breitete die Arme aus. Aus und an, dachte er. Aus und an. Er schenkte Kaffee und Cognac ein. Sie tranken und hörten einander beim Atmen zu. Er griff zur Fernbedienung, und sie sahen den Anfang einer Nachrichtensendung: Eine Dunkelhaarige Ende Zwanzig mit symmetrischem Gesicht und großen, tiefen Augen berichtete über einen neuen Börsenrekord, eine Bombe im Mittleren Osten und endete dann mit einer Anekdote über einen Waschbären, der in einem Zoo geboren worden war; das war offenbar ungewöhnlich, deshalb galt es als eine Art Sensation.

»Das ist meine Tochter«, sagte Tor, als der Wetterbericht einsetzte.

Susi sah ihn an. »Ja«, sagte er verlegen. »Das weiß ich seit zwei Wochen, aus einer Zeitung. Sie ist Journalistin geworden und arbeitet bei diesem Sender... ich habe sie seit Jahr und Tag nicht mehr gesehen. Sie ist wunderschön, findest du nicht?«

»Stimmt das wirklich?«

»Ja.« Er sah sie an, drehte aber den Kopf zur Seite. »Du verwirrst mich, Susi. Was ist los?«

»Warum hast du mir nie erzählt, daß du Kinder hast?«

»Ich habe dir gar nichts erzählt. Und ich habe nur dieses eine Kind.«

Wieder breitete sie die Arme aus. »Und jetzt hast du dir eine Satellitenschüssel gekauft, damit du sie im Fernsehen sehen kannst?«

Tor lachte.

»Das wäre wirklich nicht die schlechteste Verwendung für eine Satellitenschüssel. Aber... es gibt noch einen anderen Grund. Sie hat für diese antirassistische Organisation gearbeitet, die OAA, von der der Staatssekretär gesprochen hat, und ich muß zugeben, seit er hier aufgekreuzt ist...«

»Hast du gedacht, sie könnte ihn geschickt haben?«

Susi sah ihn lange an. Er schlug die Augen nieder.

»Äh... ja... oder jedenfalls kann eine Verbindung zwischen beiden bestehen. Aber – was immer sie in ihrem Leben angestellt haben mag, sie weiß nichts von mir und hat auch nie einen Versuch unternommen, mich ausfindig zu machen.«

»Das heißt gar nichts. Sie ist fast dreißig...«

»Achtundzwanzig.«

»Und wenn sie einen Mann findet und eine Familie gründen möchte, dann wird sie sich fragen, woher sie kommt. So sind wir Menschen, Tor, alle sind so... Aber das ist doch absurd!«

»Was denn?«

»Daß er sich diesen ganzen Unfug ausgedacht haben könnte, um dich suchen zu lassen – für deine Tochter.«

»Ich weiß nicht.«

»Dann weißt du auch nicht, was der andere Heini für eine Rolle spielt, der aus dem Zug. Die Berliner Mauer ist schon vor sieben Jahren eingerissen worden, Tor, da ist es doch an der Zeit, daß du dir das mal klarmachst.«

»Wie meinst du das?«

Sie sprang auf und schlug ihn ins Gesicht. »Ich meine gar nichts. Aber versuch nicht noch einmal, mir etwas zu schenken. Ich habe alles, was ich brauche, und mehr brauche ich nicht.«

9

Tor saß seit über einer Stunde in einem Mietwagen vor dem Restaurant Ekeberg und betrachtete durch sein Fernglas Möwen. Der Wagen war heiß und voller Rauch. Tor kurbelte das Fenster nach unten und merkte, daß sein Körper die beißende Osloer Luft nicht mochte. Er schüttelte sich, entdeckte eine Lachmöwe und beobachtete sie interessiert bei ihrem Flug vom Bachlauf zum Parkplatz bei Sjursøya. Es war keine Lachmöwe. Es war Winter. Und den Winter verbringen Lachmöwen in Dänemark oder Friesland. Eigentlich unsinnig, diese Fliegerei hin und her, nur um hier ein Ei zu legen, das sie auch in Dänemark legen könnten; aber die Natur ist eben rätselhaft, und es würde ihn nicht wundern, wenn die Vögel das Fliegen liebten, diese Dreizehenmöwen, die den ganzen weiten Weg von Südafrika nach Spitzbergen kommen, um ihre Eier zu legen, eilig und im grellen Polarlicht, ehe sie den

Schnabel wieder gen Süden drehen. Und was war mit dieser Sturmmöwe, die er jetzt durch das Fernglas sah? Die flog nirgendwohin, sondern legte ihre Eier da, wo sie gerade war. Sie war wohl auch bereit, sich mit anderen Arten zu paaren und damit zum Untergang ihrer eigenen Rasse beizutragen, obwohl er keinen unmittelbaren Zusammenhang zwischen diesem genetischen Sammelsurium und der seßhaften Natur dieses Vogels erkennen konnte. Er sollte sich mal ein Buch über dieses Thema kaufen, das ihn schon sein ganzes Leben interessierte, auf jeden Fall, seit er nicht die Ausbildung hatte machen können, die er sich gewünscht hatte. Nun hatte er ja die Hütte, die ihre Zeit brauchte, und außerdem saß er hier und wartete auf ein Wunder.

Und nun geschah dieses Wunder. Drei Tage mühsamer Fußarbeit schienen Früchte zu tragen. Zwei Wagen fuhren vor der Seemannsschule vor, und Tor zählte im ersten vier Männer und im zweiten fünf. Sie hielten bei der kleinen Abfahrt oberhalb des Cafés Utsikten, dessen Angestellte sich im Winterhalbjahr wie die Zugvögel benahmen, wo aber bisweilen doch Leute anhielten, bei klarem Wetter, so wie jetzt, um die Aussicht auf Stadt und Hafen zu genießen.

Zufrieden registrierte er, daß alle ausstiegen. Er sah einen Mann in dunkelbraunem Mantel eine Art Führungsposition in der Gruppe einnehmen; wie ein Fremdenführer zeigte er auf das Hafenbecken und sagte etwas, dann nickte er zu der Treppe hinüber, die zum Café führte, und ließ seine Gäste vorgehen, derselbe Mann, der vor zwei Monaten mit ihm in einem Zugabteil gesessen hatte, Thomas Altman, Inspektor beim Polizeilichen Überwachungsdienst, dem POT, der im Moment eine Delegation englischer Kollegen herumführte, die die Aussicht auf den Osloer Hafen genießen und aus teuren Flachmännern teuren Whisky trinken sollten.

Auf dem kleinen Parkplatz standen noch zwei weitere Autos. Eins gehörte einem jungen Paar, das vor einer halben

Stunde auf den Felsvorsprung hinausgegangen war. Das andere hatte schon dort gestanden, als Tor gekommen war. Es war ein kleiner, heruntergekommener Toyota, weshalb Tor davon ausging, daß er einem friedlichen Tagedieb gehörte. Er legte das Fernglas auf den Sitz, bog auf den Kongsvei ab und hielt zehn, fünfzehn Meter oberhalb der zivilen Dienstwagen, stieg aus, ging langsam die Treppen hinunter und genoß die Aussicht.

Er sah, daß Polizeiinspektor Altmans Delegation sich am Geländer vor dem Abgrund verteilt hatte und daß die Stimmung offenbar bestens war, sie klopften sich in ihre Handschuhe und lachten so herzlich, daß ihre Gesichter vom Dampf geradezu umgeben waren. Das junge Paar hatte Schnee von einer Bank gewischt und saß jetzt eng umschlungen da. Ein älterer, sportlich gekleideter Herr stand zwischen zwei Bäumen und hob sein Gesicht in die bleichen Sonnenstrahlen. Aber zwischen ihm und der anderen Gruppe schien keine Verbindung zu bestehen, deshalb verschränkte Tor die Hände hinter seinem Rücken und trottete zum Geländer hinunter, blieb hier und da stehen, schaute sich um, steuerte dann weiter auf den Aussichtspunkt zu und betrachtete neugierig das Meer und den Flickenteppich aus frisch importierten Autos, der auf Sjursøya ausgebreitet war.

Altman plauderte mit einem der Gäste, sie standen ein wenig abseits von den anderen. Altmans Gesprächspartner riß sich los und kehrte zur Gruppe zurück, weshalb Tor die Gelegenheit nutzte und neben den Polizeiinspektor trat, in dieselbe Richtung schaute wie dieser, Kleidungsstücke rascheln hörte, und danach ein überraschtes Schnaufen. Er drehte sich um und lächelte und wußte sehr genau, daß solche Augenblicke ihre Zeit brauchen.

»Und ausgerechnet hier«, sagte der andere.

»Das war vielleicht dumm von mir«, sagte Tor, der die Hände hinter dem Rücken verschränkt hatte und die Aussicht betrachtete. »Aber ich dachte, du wolltest das so schnell wie möglich hinter dich bringen.«

»Du bist... du... bist du...?«

Der Polizist brachte den Namen nicht über die Lippen, aber trotzdem war nicht mehr viel übrig von dem Dorftrottel, mit dem er im Zug Kaffee getrunken hatte. Er hustete, hatte das Gesicht zur Hälfte hinter seiner Hand verborgen, so, als sollten die Gäste am Geländer ihm nichts von den Lippen ablesen können.

»Was willst du von mir?« sagte er zwischen kurzen Hustern.

»Hast du ihnen schon den Holmenkollen gezeigt? Natürlich, das liegt doch auf der Hand, der Stolz der Nation...«

»Was willst du von mir?« fragte der Polizist noch einmal.

Tor sah ihn an.

»Weiß Gerrit Moland, wer ich bin?« fragte er.

»Du kommst wirklich direkt zur Sache.«

»Und?«

Altman holte Atem und schaute wieder zu seinen Gästen hinüber. Die schienen sich damit abgefunden zu haben, daß er einem Bekannten begegnet war.

»Nein«, sagte er düster. »Wir haben eines Abends etwas getrunken, und er verbreitete sich dabei über einen Skandal in dieser Organisation, der OAA oder wie die heißt. Er war auf die Schwachsinnsidee gekommen, ein Mann, der ihm vor vielen Jahren vor Gericht begegnet war, könnte ihm beim Spurentilgen helfen. Ich wußte ja nicht, daß er von dir redete, riet ihm aber ab. ›Leg die Karten auf den Tisch‹, sagte ich. ›Das ist die einzige Lösung.‹ Aber davon konnte nicht die Rede sein, und ich muß ja zugeben, daß er allen Grund zur Panik hatte.«

Tor lächelte, Altman musterte ihn fragend.

»Weiter«, sagte Tor.

»Also, wie gesagt, wir tranken, und das nicht wenig. Er zeigte mir ein Foto. Ich erkannte dich und wäre fast vom Stuhl gefallen...«

»Aber du hast nichts gesagt?« Tor war klar, daß der Polizist sich nun bedauerlicherweise wieder unter Kontrolle hatte. Aber vielleicht hatte er das auch schon, als er seine Verbindung zu Moland zugegeben hatte.

»Nein, ich habe nichts gesagt.«

»Bestimmt nicht?«

»Natürlich nicht, ich habe versucht, ihn auf andere Gedanken zu bringen. Aber er wollte nicht...« Altman legte eine lange Pause ein. »Ich weiß nicht, was ich an dieser Sache verdienen kann«, sagte er dann. »Aber...«

»Aber du willst, daß ich dir glaube?«

»Ja. Er hat mich bedroht, du bist ein alter Kollege, und er hat mich bedroht, was sagst du dazu?«

»Ich sage, daß ich lieber wissen möchte, warum du nicht einfach deine Systeme durchgegangen bist und ihm dann erzählt hast, ich sei... tot.«

»Das hätte er mir nicht geglaubt. Er sitzt immerhin im Justizministerium und hat Zugang zum Chef der Polizeiabteilung, zum Ministerialrat und zum Minister...«

»Ja?«

»Und ich habe mich um den Posten des SV beworben.« Er stöhnte, als er das gesagt hatte.

Tor lachte. »Des Stellvertretenden Vorsitzenden beim POT«, sagte er. »Der Posten wird frei, wenn diese Untersuchungskommission ihren Willen durchsetzt. Und Moland hat gedroht, deine Beförderung zu torpedieren, wenn du ihm nicht hilfst.«

Der Polizist machte eine bejahende Handbewegung. Tor glaubte, eine gewisse Erleichterung bei ihm wahrzunehmen.

»Ein ehrgeiziger junger Mann«, sagte er langsam. »Aber das habe ich schon vorher gewußt. Merkwürdig ist allerdings, daß du mir nichts Neues erzählen kannst, oder was meinst du?«

»Wie soll ich das verstehen?« fragte der Polizist.

»Du bist aus Zufall in denselben Zug wie ich gestiegen?«

Tor blickte in das entstellte Gesicht, aber in diesem Moment kam einer der Gäste, lächelte, zeigte auf das Panorama, ein kräftiger Mann mittleren Alters in grünem Burberry mit einem unpassenden Seidenschal um den Hals und einer Kamera in der linken Hand. Altman schaute in eine andere Richtung, der Gast begriff, klopfte ihm auf die Schulter und ging weiter.

Tor ertappte sich bei der Überlegung, ob der Mann Linkshänder sein könne, aber er ärgerte sich vor allem darüber, daß Altman jetzt Zeit gehabt hatte, in dem Dschungel von Gesicht, das er mit sich herumschleppte, ein weiteres Versteck zu finden.

»Ich habe einen Kontakt bei euch im Nachrichtendienst«, sagte der Polizist. »Wir tun uns gegenseitig ab und zu einen kleinen Gefallen. Es ist ein Typ, der sich mit Zahlen und Codes beschäftigt. Ich sagte, was macht denn der große Ismael, jetzt, wo die Mauer nicht mehr steht, und so weiter, und er hat mir den Tip gegeben, daß du an diesem Tag im September zu Hause erwartet wurdest.«

Tor zögerte. »Das kann nicht so ganz stimmen«, sagte er. »Als wir im Zugabteil saßen, hattest du keine Angst. Du hattest auch keine, als du mir am Fluß begegnet bist. Jetzt aber zitterst du wie Espenlaub.«

»Ich hatte Angst.«

»Aber das war nicht zu sehen.«

»Dafür kann ich nichts.«

Tor hoffte, nur verletzte Eitelkeit zu sehen und nicht noch mehr Erleichterung.

»Gute Arbeit«, sagte er und klopfte Altman auf die Schulter. Er ließ die Hand liegen, zog ihn zum Geländer und zeigte auf die Stadt. »Das ist alles gut und schön«, sagte Tor tonlos. »Aber du verstehst doch sicher, daß ich mich absichern mußte, ehe ich hier aufgetaucht bin?«

Altman nickte.

»Das wollte ich gern von dir hören.«

»Das bedeutet, wenn ich nicht mit offenen Karten spiele«, sagte der Polizist, »und wenn dir etwas passiert, dann hast du dafür gesorgt, daß ich in Teufels Küche gerate.«

»Und wie das, wenn du konkret sein sollst?«

»Mein Haus hüpft in die Luft. Meine Kinder, wir sind fertig.«

»Alles sehr gute Vorschläge.«

»Herrgott.«

Tor ließ den anderen los, lächelte und reichte ihm die Hand. Der Polizist war vom Geländer zurückgetreten, zögerte, nahm sie aber trotzdem. Tor zog ihn zu sich und lächelte noch immer. »Sag Moland, daß ich ihn sprechen will. Sag ihm, daß ich ihm gern helfe.«

»Ich glaube, er ... ehrlich gesagt, er wird zögern.«

»Ach?«

»Ja, er hat inzwischen sicher kalte Füße gekriegt.«

»Warum sollte er? Er steckt doch voll in der Scheiße, und er weiß nicht, wer ich bin.«

Der Polizist starrte ins Leere. »Er weiß nicht, wer du wirklich bist, er weiß nur, daß du kein normaler Trickser bist, wie er gedacht hatte.«

»Und das macht ihm angst?«

»Nicht so sehr, wie es sollte. Er ist jung und ehrgeizig, er hat sieben Jahre um Leah und sieben um Rachel gedient, und er hat nicht vor, jetzt seine Karriere zu opfern.«

Tor fiel auf, daß die Delegation eine Gesprächspause eingelegt hatte, daß der Mann, der auf dem Weg zum Felsvorsprung an ihnen vorbeigekommen war, wieder auftauchte, noch immer mit dem Fotoapparat in der linken Hand. Altman lächelte und nickte kurz, was wohl bedeuten sollte, daß die Unterredung mit seinem Bekannten bald beendet sein würde.

Tor wartete, bis der breite Rücken sich entfernt hatte und ging dann bergaufwärts. Er blieb vor dem Paar auf der eingeschneiten Bank stehen und winkte der Delegation zu; nur einer der Gäste erwiderte seinen Gruß. Er legte die ersten Stufen im selben ruhigen Tempo zurück, dann rannte er zu seinem Wagen, ließ den Motor an und fuhr den Kongsvei hoch, zum Ekebergvei, dann nach rechts und durch eine stille Straße mit stummen Villen auf der linken und einem rostigen Zaun und von Gras überwucherten Straßenbahnschienen auf der rechten Seite, hielt am Straßenrand, legte den Kopf aufs Lenkrad, schloß die Augen und ging sein Gespräch mit Altman noch einmal durch. Danach schrieb er es auf und machte zwei Zeichnungen, mit denen er ebenso unzufrieden war wie mit denen, die er von Altman angefertigt hatte. Danach hörte er sich das Tonband an, um festzustellen, was er vergessen hatte und warum. Er war in Schweiß gebadet. Altman senkte die Stimme, sprach schnell und nuschelte, wenn es um wichtige Punkte ging, zum Beispiel, als er von seiner Sauferei mit Moland erzählte. Zwei dieser Beispiele ließen sich erklären, andere nicht, und wieder hatte er das Gefühl, daß der Polizist etwas ausstrahlte, was Erleichterung sein mußte.

Tor stieg aus und spazierte an den Straßenbahnschienen auf und ab. Die rätselhafte Erleichterung des Polizisten. Es war milder geworden. Er nahm eine Handvoll Schnee, formte daraus einen harten Ball und warf nach einem Verkehrsschild. Blieb noch einige Minuten stehen, las das bisher Aufgeschriebene, nahm an seinen Zeichnungen einige behutsame Veränderungen vor und glaubte, sich nun endlich ein Bild von Thomas Altmans Glaubwürdigkeit, seiner Psyche und seinem Stil gemacht zu haben. Das Bild indes war noch immer unscharf.

10

Tor stellte das Auto auf dem Parkplatz vor der Universität ab und legte das letzte Stück zu Fuß zurück, in der Bergsallé öffnete er ein Gartentor, schlüpfte hindurch und trat zwischen einige gepflegte Tannen, Silbertannen, wie er glaubte. Hinter den Fenstern der Villa brannte Licht. Festlich gekleidete Menschen schwebten im Haus umher, Frauen und Männer, einige alte, vor allem aber junge, in einer Form von zivilisierter Feierlichkeit. Es war schon nach Mitternacht. Er zündete sich eine Zigarette an. Es war kalt. Er war müde. Er zog sein Telefon aus der Tasche und wählte eine Nummer. Durch das Fenster sah er eine dunkelblonde Frau von Mitte Dreißig den Hörer von einem Telefon auf einem breiten Schreibtisch mit grüner Leselampe nehmen. Er murmelte einige höfliche Phrasen, hörte »einen Moment«, sah, wie die Frau den Hörer an den Ausschnitt ihres koksgrauen Kleides legte und etwas rief. Ein älterer Herr mit fragender Miene erschien. Die Frau zuckte mit den Schultern, gab ihm den Hörer und einen Kuß auf die Wange, und Markus Danielsen, Oberst a. D., klemmte sich den Hörer ans Ohr und sagte: »Ja.«

Nur dieses sehr kurze »Ja«, zu einer so langen Vergangenheit, dachte Tor. Außenministerium, Justizministerium, Diplomatie und Nachrichtendienst. Eine Zeitlang hatte er auch versucht, »den POT auf Vordermann zu bringen«, wie er sich ausdrückte, wenn dieses zweifellos düsterste Kapitel seines Lebens zur Sprache kam.

»Ich bin's«, sagte Tor und staunte darüber, daß der Alte nur den Bruchteil einer Sekunde brauchte, um fünfzehn Jahre zurückzugehen, zu rufen: »Tor« und sich zum Fenster umzudrehen. »Siehst du mich?«

»Ja, ja, ich sehe dich, ich stehe hier im Gebüsch. Kannst du die Leute rausschmeißen, damit wir reden können?«

Der Alte lächelte breit.

»Das ist die Familie, Junge. Wie geht's dir denn so?«

»Großartig. Zehn Minuten?«

»Fünfzehn, zwanzig.«

»Zehn, sonst erfrier ich.«

»Dann beweg dich eben.«

Eine Dreiviertelstunde später sah Tor, wie die letzten Gäste das Haus verließen. Er wartete, bis die roten Katzenaugen des Taxis verschwunden waren und lief die Treppe hoch. Die Tür war angelehnt. Er schob sie auf und schlüpfte in einen schmalen, spärlich beleuchteten Gang mit Kupferstichen und von allerlei Blumen und Pflanzen an der Wand, die Danielsens einer Leidenschaft, botanische Studien, geschuldet waren, »ehe der Krieg einen besseren Menschen aus ihm gemacht hat«. Außerdem hingen hier Familienbilder und Zeugnisse seiner zweiten Leidenschaft, Ikonen, von Rubljow und Savin und Dionisi und unbekannten Meistern, alles Kopien. Tor kam die verräucherte Wärme vor wie ein Bad. Er schloß die Haustür und betrat ein Wohnzimmer, das aussah wie eine Mischung aus englischem Club, der Tretjakow-Galerie und norwegischem Realismus der 60er Jahre. Markus Danielsen stand hinter einem massiven Schreibtisch und füllte zwei Gläser mit Whisky. Tor schnappte sich das eine, noch ehe sein Gastgeber Eiswürfel hineingegeben hatte, und leerte es auf einen Zug. Der Alte lächelte. »Tut mir leid, daß du warten mußtest«, sagte er.

Tor ging an den Wänden entlang und betrachtete Blumen und Landschaftsmalereien und Rubljows Erzengel Michael, vor allem um sich an den Blick des Alten zu gewöhnen, der so war wie immer, durchbohrend. Er schaute in die Küche, wo schmutziges Geschirr und überquellende Aschenbecher auf Bänken und Tischen standen. Danielsen hatte ein Fenster geöffnet. Tor schloß es wieder und zog die Vorhänge zu. Der Oberst zeigte auf einen Chesterfield. Er selber saß auf einem zweisitzigen Sofa, hatte die langen Arme auf die Lehnen gelegt und war von mörderischer Ruhe. Tor trank.

»Hast du irgendwelche Freunde, Markus«, fragte er vage.

»Nein, würde ich nicht behaupten.«

»Es gibt kein Vertrauen unter den Menschen, ist dir das schon aufgefallen? Alle spielen einander üble Streiche.«

»Du und ich doch nicht. Wir haben Vertrauen zueinander, auch wenn wir keine Freunde sind.«

»Aber wir erzählen uns nicht alles.«

»Das ist nicht nötig.«

»Alle wissen etwas«, sagte Tor. »Aber niemand weiß alles.«

»Aber manche wissen mehr als andere. Wie geht es dir, mein Junge? Trink noch einen Schnaps, entspann dich. Wir haben uns lange nicht mehr gesehen...«

»Du bist immer so munter, Markus! Wie ist es möglich, sich durch Weltkriege und Eiserne Vorhänge hindurchzulächeln und abends den Kindern Micky-Maus-Hefte vorzulesen und donnerstags die Pfandflaschen wegzubringen? Wenn ich mir das so überlege, dann bist du der normalste Mann, der mir je über den Weg gelaufen ist.«

»Höre ich da Sarkasmus?«

»Das ist ein Zitat.«

»Von wem?«

»Ja, wer kann das gewesen sein. Jetzt pinkeln sie dich sicher auch an, alle, die Krieg und Frieden verloren haben und nur auf uns herumhacken können.«

Der Alte legte den Kopf in den Nacken und lachte lautlos.

»Du denkst an die Lund-Kommission«, murmelte er. »Ja, das ist ein Theater! Aber wir haben nicht sehr viel, dessen wir uns schämen müßten.«

»Ist das nicht gerade das Problem?«

Der Alte lachte noch leiser. »Kann schon sein. Aber da müssen wir wohl durch. Soviel ich weiß, wird alles gutgehen. Nur beim POT kann es ein wenig... turbulent ausfallen.«

»Die hatten immer zu viele von meiner Sorte, zu viele Irre. Warum hast du da eigentlich nie Ordnung schaffen können?«

Danielsen machte eine ausweichende Kopfbewegung und nickte in Richtung Whiskyflasche. Tor schenkte nach.

»Ich war doch nur wenige Jahre dort und dabei...«

»Fünf.«

»Ja, wenn wir die beiden im Ministerium dazuzählen. Nein, das war doch in den siebziger Jahren, auf den Straßen wimmelte es nur so von jungen Leuten, die die Welt verändern wollten. Ich saß zwischen einer liberalen Justizministerin und einer Kammer, die ihren Anblick nicht ertragen konnte, genoß nirgendwo Vertrauen. Es war keine gute Zeit. Aber deshalb bist du doch sicher nicht gekommen?«

»Seltsam eigentlich, daß die Sieger unter die Lupe genommen werden, beim letzten Mal waren es die Verlierer. Nicht, daß dabei viel herausgekommen wäre...«

»Ich bin nicht mehr dabei, Tor. Schon seit sechs Jahren nicht mehr. Ab und zu kommt noch jemand und will mit mir sprechen, aber das kommt immer seltener vor. Ich werde nicht einmal zu diesen Verhören bestellt.«

»Ein Mann ohne Vergangenheit?«

»So ungefähr.«

Ein schwarzer Apparat auf dem Tisch neben dem Sofa stieß zwei Pfeiftöne aus. Danielsen hob die Hand und drückte auf einen Knopf. Eine belegte Frauenstimme fragte, wo er bleibe. Er sagte laut: »Ich habe Besuch, Liebes, schlaf einfach, ich komme in einer Stunde.« Dann dachte er kurz nach. »Tor ist hier«, fügte er hinzu. »Der bei uns in der Kennedystraße war, das rote Auto, die Mandelkuchen...«

»Wie geht's dir, Margaret?« rief Tor, ehe der Alte weiterreden konnte.

»Sehr gut«, kam ohne Zögern die Antwort. »Wir sind alt, weißt du, aber wir kommen zurecht. Wie geht es dir, bist du zur Ruhe gekommen?«

»Irgendwie kann man das wohl sagen.«

»Du mußt das nächste Mal zu einem christlicheren Zeitpunkt kommen. Dann stopfe ich dich wieder mit Mandelkuchen voll und stelle deine Manieren auf die Probe...«

Tor lachte. »Ich habe keine Manieren, Margaret, das weißt du. Aber vielen Dank.«

»Und sorg dafür, daß er nicht soviel Schnaps trinkt, bitte. Nach ein Uhr gibt's nur noch Wasser.«

»Ich werde sehen, was ich tun kann. Mach's gut.«

Danielsen beugte sich zu dem Apparat vor und sagte: »Gute Nacht, Liebes«, dann drückte er auf den Knopf, griff zu seinem Glas und nippte behutsam an dem bernsteingelben Inhalt. Sie tauschten einen Blick. Tor war in Gedanken versunken. Seine Augen wanderten an Ikonen und Familienbildern entlang zu einem großen schwarzen Klavier. Er stand auf und sah sich zwei Fotos genauer an. Danielsens zwei Söhne und die Tochter.

»Geht's ihnen gut?« fragte er.

»Aber sicher«, erwiderte der Alte. »Robert trägt die Stafette weiter, er ist Biologe. Heute abend haben wir seine Promotion gefeiert. Marit ist in England, mit einem Neger verheiratet. Nicht, daß das so schlimm wäre, er ist cleverer als ich, Onkologie, oder wie das nun heißt, so ein Krebsarzt. Und Tommy...« er legte eine etwas düstere Pause ein.

»Tommy, ja«, murmelte Tor. »Das war der einzige mit Mumm in den Knochen.«

»Weil er dich bewundert hat, ja. Ich kann ja nicht behaupten, wir hätten das so richtig zu schätzen gewußt. Er betreibt eine Art Künstlervermittlung, angeblich mit Erfolg, aber er hat den Wunsch, Musiker zu werden, noch nicht ganz aufgegeben. Er ist jetzt über fünfunddreißig und noch immer so unruhig wie früher.«

»Aber er ist eben doch dein Liebling, dieser Verrückte, der sich nicht einfügen mag, deshalb hast du dich doch auch um mich gekümmert. Du hast eine Schwäche für Gauner, Markus, mitten in deinem kleinbürgerlichen Ordnungssinn.«

»Da hast du wohl recht.«

»Dieses Klavier, das ist doch nicht...«

Danielsen lächelte. »Doch, das ist das, das du uns in Deutschland besorgt hast. Wir können uns nicht davon trennen. Tommy spielt darauf, wenn er zu Besuch kommt, und dann schwelgen wir in Erinnerungen. In unserem Alter macht man das gern.«

Tor öffnete den Deckel und betrachtete die Saiten. »Du weißt, daß es gestohlen war?«

»Das habe ich mir durchaus gedacht.«

»Ich habe es aus der Ostzone geholt, mit einem Ami-Jeep und einem französischen Diplomatenpaß.«

»Ein Abenteuer.«

»Und ein Alptraum, es über die Glienicker Brücke zu bringen – hörst du, daß ich mich noch auskenne? Ich habe eine ganze Nacht gebraucht, um diese Trottel davon zu überzeugen, daß ich im Klavier weder Schnaps noch Flüchtlinge oder Papiere versteckt hatte... ich weiß auch noch, warum ich dieses Klavier ausgesucht hatte. Es ist ein norwegisches.«

»Was?«

»Ja, schau her.«

Danielsen erhob sich und warf einen interessierten Blick in den Kasten.

»Unter dem Zettel hier sitzt ein kleines Messingschild«, sagte Tor und riß den Zettel weg. »NeuMeyer Kristiania 1926. Vermutlich ist es während des Krieges in Deutschland gelandet. Ich weiß noch, was ich dachte, als ich in der nachtschwarzen Maschinenhalle voller Instrumente stand, die diese Haie Flüchtlingen und Kriegsopfern und Juden und Zigeunern geklaut hatten... daß Kristiania ein Jahr zuvor umgetauft worden war, 1925. Siehst du, das Schild besteht aus fünf Teilen, NeuMeyer Kristiania ist ein Teil, und die Jahreszahl wurde aus vier Einzelteilen zusammengesetzt. Ich habe mir einen geizigen oder armen Klavierbauer vorgestellt, der seine schönen

Messingschilder nicht einfach wegwerfen wollte, bloß weil irgendein Idiot seiner Stadt den blöden Namen Oslo verpaßt hatte.«

»Jude?« fragte Danielsen. »Ich habe neue Saiten einsetzen lassen, als wir nach Hause gekommen sind und ich erfahren hatte, daß es ein teures und gutes Instrument ist.«

»Ja, es hat vierzig Mark und einen Haufen Geld fürs Leihen dieses Scheiß-Jeeps gekostet.«

»Vierzig? Ich hatte dir doch mehrere hundert gegeben.«

»So ist es eben, Markus. Need to know. Und hier hast du in all den Jahren ein Kleinod stehen gehabt, das ein ebenso aufregendes Leben gehabt hat wie du, und das für wenig Geld, einen Savin, den niemand vom Original unterscheiden kann.«

»Was kann man sich sonst noch wünschen!«

Sie wechselten wieder einen Blick. Tor schloß den Klavierdeckel. Sie setzten sich. Danielsen schwieg. Tor auch. Endlich sagte der Alte: »Du hast dich zur Ruhe gesetzt, hast du gesagt?«

»Ich habe durch einen Strohmann ein Haus gekauft. Niemand in der Gegend kennt mich.«

»Bist du deshalb verschwunden?«

»Ich weiß nicht, warum ich verschwunden bin.«

»Wo liegt dein Haus?«

»An einem schönen, stillen Ort.«

Danielsen versuchte es auf andere Weise. »Ich hab's ja gewußt, auch in dir steckt ein Romantiker.«

»Sag lieber, ein Rächer. Ich sehe gern zu, wie der Wald alle Spuren tilgt. Und im Grunde bin ich deshalb hier. Ich will meine Ruhe, aber es passieren Dinge, die mir das Gefühl geben, daß ich beobachtet werde.«

»Die übliche Falle für ausgediente Feldarbeiter.«

»Ich meine es ernst.«

»Natürlich meinst du es ernst«, sagte der Alte lächelnd. »Aber vergiß nicht, wer den Feind mit dem Fernglas studiert, seine Kindheit, seine Identität, seine Unsitten, um ihm zuvorkommen zu können, wird ihm dabei auch ähnlicher.«

»Und sich selber kann man nicht zuvorkommen.«

»Deshalb darf man ihn sich nicht zu genau ansehen, sondern muß sein eigenes Leben leben.«

»Und sich von ihm studieren lassen.«

Danielsen lachte. »Nein, Tor«, murmelte er. »Niemand studiert dich gern. Alle wissen, daß es für alle Beteiligten das Beste ist, wenn du nicht gesehen wirst.«

Tor kniffe die Augen zusammen. »Ich habe mir überlegt, daß es vielleicht noch besser wäre, wenn ich tot wäre«, sagte er. »Oder was meinst du?«

»Ich meine gar nichts.«

Tor hielt die Augen weiterhin zusammengekniffen. »Du willst nicht wissen, worauf mein Verdacht beruht?« fragte er.

»Das wirst du mir ohnehin gleich erzählen.«

Danielsen schielte zu einer alten Pendeluhr hinüber, erhob sich, hängte seine Jacke über eine Sessellehne, nahm seine Armbanduhr ab, legte sie in eine Schublade, lockerte seinen Schlips, legte seine Manschettenknöpfe ab und setzte sich wieder, bereit für eine harte Pokerrunde mit einem guten Freund.

»Ein Mann war bei mir«, sagte Tor und schnippte mit den Fingern. »Ein Staatssekretär aus dem Justizministerium. Er wollte meine Hilfe, um einen Skandal zu verhindern, nachdem öffentliche Gelder in den falschen Taschen gelandet sind. So was geht doch nicht.«

Danielsen schwieg.

»Ich habe versucht, das zu verdrängen, aber dann kam ich auf ganz neue Gedanken. Mir fielen Dinge ein, die ich energisch vergessen hatte, und deshalb habe ich mir den Fall einige Tage lang durch den Kopf gehen lassen. Soviel ich sehen kann, stimmt seine Geschichte. Aber ich kapiere einfach nicht, was ich damit zu tun habe.«

Danielsen schwieg noch immer. Tor blickte ihn lange an. »Hörst du zu?« fragte er.

»Ich höre zu.«

»Deswegen glaube ich inzwischen, daß es um etwas anderes geht. Aber wer macht sich die Mühe und denkt sich eine Deckgeschichte aus, die so... wie soll ich sagen? Die so wahr ist, und dazu dermaßen fehl am Platze, wenn es doch auch viel einfacher ginge?«

»Wenn die Sache nicht gerade so zufällig und banal ist, wie sie aussieht, und das ist doch zumeist der Fall?«

»Der Mittelweg ist eng, wie wir immer gesagt haben: Auf der einen Seite ist es einigermaßen plausibel, daß ein mittelmäßig begabter Typ in einer verzweifelten Situation auf eine blöde Idee kommt. Andererseits ist es ebenso wahrscheinlich, daß große Namen, die vielleicht hinter ihm stehen, dafür sorgen, daß ich begreife, warum er sich gerade an mich wendet.«

»Das sehe ich ein.«

»Und damit werde ich zum Stillhalten ermahnt.«

»Ja.«

»Aber das tue ich nicht.«

»Wie meinst du das?«

»Ich halte nicht still. Ich bin hier. Mit anderen Worten: Wenn jemand Großes dahintersteckt, dann mußte dieser Jemand wissen, daß ich nicht zum Stillhalten ermahnt zu werden brauche. Also werde ich gebeten, nicht stillzuhalten, sie sagen ›spring‹, wenn sie groß sind. Normalerweise sollte man da nicht springen. Aber ich bin mir einfach nicht sicher, in keiner Hinsicht.«

Danielsen blickte ihn lange an. Er trank langsam und erhob sich dann, ging um den Schreibtisch, zog eine Schublade heraus und machte sich an deren Inhalt zu schaffen. Aber er schien vergessen zu haben, was er wollte. Als es ihm wieder einfiel, öffnete er eine weitere Schublade und nahm ein Bild in einem ovalen Silberrahmen heraus, wischte den Staub ab und reichte es Tor, ein gelbbraunes Foto eines jungen Bundeswehrsoldaten. Tor glaubte, den Mann zu erkennen, aber rosa Blitzlichtreflexe hatten dessen Blick entstellt.

»Andreas Claesen, sagt dir das was?«

Tor schloß die Augen und beugte sich vor, eine Minute, zwei …

»Der Typ, den diese Frau vor hundert Jahren als meinen Sohn ausgegeben hat?«

»Ja.«

Tor lachte. »Du meinst, ein identitätsschwacher deutscher Feldwebel auf der Jagd nach seinem geheimnisvollen Erzeuger soll die ganze Kiste inszeniert haben?«

»Die Geschichte holt uns alle ein.« Der Alte lächelte. »Aber darauf wollte ich nicht hinaus.« Er setzte sich und legte die Arme wieder auf die breiten Lehnen, wo sie hingehörten, wie zwei Hunde in einen Korb vor dem Kamin. »Du hattest doch ein Verhältnis mit dieser Marianne Bach, nicht wahr? Sie wurde schwanger, aber du hast die Vaterschaft abgestritten …«

»Aber erst, als ich wußte, daß es nicht mein Kind war – bleib bei der Wahrheit, Markus!«

»Genau. Aber nachdem du Deutschland zum ersten Mal verlassen hattest, kam sie in die Botschaft und gab dich als Vater an. Sie wußte außerdem ziemlich viel über dich, gefährlich viel, muß ich sagen.«

»Ich war einundzwanzig.«

»Du warst trotzdem ein wenig zu redselig. Und der Fall war so brisant, daß wir ihn irgendwie lösen mußten. Ich habe ein Treffen mit ihr arrangiert, habe mir angehört, was sie zu sagen hatte und hielt sie für eine ausgeglichene und intelligente Person, oder wohl eher für einen normalen Menschen, der die Möglichkeiten nutzt, die sich bieten, deshalb habe ich mit ihr eine Abmachung getroffen.«

Tor lachte laut.

»Du hast Alimente für diesen kleinen Bastard bezahlt?«

»Ja.«

»Aus politischen Gründen. Die ganzen Jahre?«

»Bis er volljährig wurde, ja.«

»Hast du öfter solche Abmachungen getroffen, Markus?«

»Das weißt du besser als die meisten anderen«, sagte der Alte, ohne eine Miene zu verziehen. »Aber der Junge wurde größer und wollte unbedingt seinen geheimnisvollen Vater aus dem exotischen Norwegen kennenlernen. Also kam er zur Botschaft. Da waren inzwischen neue Leute, und ich hatte diese Geschichte natürlich aus dem System getilgt, deshalb wollten sie ihn abweisen. Er ließ sich aber nicht abweisen, sondern drohte, Ärger zu machen, und zum Glück war noch immer einer von meinen alten Trabanten für die Sicherheit zuständig. Er meldete sich bei mir und wir beschlossen, daß ich mich um den Jungen kümmern würde. Ich lud ihn nach Norwegen ein – das muß im Sommer 78 gewesen sein – und war mit ihm in unserem Ferienhaus in Jotunheimen, zusammen mit Margaret und Tommy. Wir haben einfach Urlaub in den norwegischen Bergen gemacht.«

Er legte eine Pause ein. »Ich kam ziemlich rasch zu dem Schluß, daß er kein Hysteriker ist, und ich erzählte ihm alles. Daß dieser geheimnisvolle Norweger nicht sein Vater war, doch daß wir – weil wir es damals nicht besser wußten und natürlich die Verantwortung für die Eskapaden unserer Leute übernehmen – uns mit seiner Mutter auf diese Zahlungen geeinigt hatten.« Danielsen nickte zu dem Foto hinüber. »Dann habe ich ihm ein ärztliches Attest gezeigt, laut dem du aufgrund einer Bruchoperation in deiner Kindheit steril bist.«

»Und das hat er geglaubt?«

»Warum hätte er es nicht glauben sollen? Er war natürlich enttäuscht, hat seine Enttäuschung aber überwunden und uns noch jahrelang Weihnachtskarten und eben auch dieses Foto geschickt. Einmal schrieb er sogar von seiner Dankbarkeit dem norwegischen Staat gegenüber, der ihn während seiner Kindheit finanziell gesichert hatte. Eine rührende Geschichte, findest du nicht?«

»Und die mir was sagen soll?«

»Daß ich und die meisten anderen ziemlich weit gehen würden, um dir die Möglichkeit zu geben, stillzusitzen, falls du das wirklich willst.«

Tor überlegte. Er leerte sein Glas und schenkte sich wieder nach. »Wer weiß«, sagte er. »Vielleicht hast du mich jetzt beruhigen können. Aber da ist noch etwas ...«

Er zog zwei Bilder aus der Jackentasche und betrachtete sie. Danielsen kratzte mit dem Fingernagel über das Ledersofa. Tor riß sich aus seinen Gedanken. »Ich habe zwar keinen Sohn«, sagte er, »aber eine Tochter. Sie ist Journalistin, bei Orion TV. Ich hatte nie Kontakt zu ihr. Aber ich möchte dir ein Versprechen abnehmen.«

»Ja?«

»Wenn mir etwas zustoßen sollte, würdest du sie dann aufsuchen und ihr ... äh, etwas Nettes über mich sagen?«

Er schob das Foto über den Tisch, seine Tochter unter dem Logo ihres Senders vor einer großen Europakarte. Danielsen zog eine Brille aus einem ziselierten Silberetui, setzte sie auf seine Nasenspitze, nahm das Foto und betrachtete es aus zusammengekniffenen Augen.

»Hast du nur dieses?«

Tor zuckte mit den Schultern und schwieg.

»Warum gehst du nicht selber zu ihr, das willst du doch im Grunde.«

»Du weißt besser als jeder andere, daß das nicht geht. Haben wir eine Abmachung?«

Danielsen zögerte. Sah wieder das Bild an.

»Eine schöne junge Dame«, sagte er. »Tut mir leid, das sagen zu müssen, aber sie hat wirklich mehr Ähnlichkeit mit dir als mit Elisabeth.«

Tor trommelte vorsichtig auf die Tischplatte. Der Alte legte Foto und Brille weg. »Ich habe keinerlei Hinweise darauf, daß dir etwas zustoßen soll«, sagte er ernst. »Ein solches Versprechen hier an diesem Tisch würde also nur deine Phantasien bestätigen. Andererseits ...«

Tor wollte ihm ins Wort fallen, aber der Alte sprach weiter. »... kann ich natürlich ein gutes Wort für dich einlegen, dich noch einmal decken, wenn du das willst.«

»Ja, wenn du das ungebeten tun konntest, geht es sicher auch, wenn ich dich bitte – auf Knien?«

Danielsens Lächeln hielt einige wenige Sekunden vor. »Ich tu es gebeten und ungebeten«, sagte er. »Aber dann muß ich auf dem Romantiker in dir beharren. Und ich möchte mit dir wetten.«

»Worum denn?«

»Eine Flasche McCallan darauf, daß du das Feld schon im nächsten Sommer wieder beackern kannst?«

»Welches Feld?«

»Das kannst du dir selbst aussuchen.«

»Ist schon gut«, sagte Tor resigniert. Sie reichten einander die Hände. Es gab nichts mehr zu sagen. Danielsens alter Körper beugte sich vor, um sich zu erheben, doch dann ließ er sich zurücksinken. Fragend starrte er auf den Zettel in Tors Händen.

»Äh ... eine Zeichnung, ich habe sie heute nach einer Begegnung gemacht«, sagte Tor. »Ich dachte, du kennst den Mann vielleicht.«

Danielsen mußte wieder seine Brille aufsetzen, und Tor erkannte den alten Eifer, das sakrale Studium des Beweisstückes, das Verrücken der Brille, Schultern, die gehoben, Augenlider, die gesenkt werden, den Atem, der wie die Ventile einer feinen Maschinerie justiert wird. Danielsen schaute nach mehreren Minuten schwerer körperlicher Arbeit fragend auf, ins Leere, und sagte endlich mit leiser Stimme:

»Nein, bei mir klingelt nicht eine einzige Glocke. Was ist das?«

Tor war aufgesprungen. Er zuckte mit den Schultern. »Sicher nur eine Sackgasse«, sagte er. »Im Wald um mich herum wimmelt es nur so von Gespenstern. Ich höre sie nicht. Ich sehe sie nicht. Aber ich weiß, daß sie da sind.«

»Aber dieses hast du gesehen?«

»Heute am Ekebergåsen.«

Danielsen hatte die Zeichnung neben das Foto gelegt. »Kann ich sie behalten?« fragte er.

Tor lächelte. »Du kannst beide behalten.«

Der Alte brachte ihn zur Tür und nutzte die Gelegenheit, um einige Worte über die Ikonen und die Kupferstiche an der Wand fallenzulassen, die Pflanzendarstellungen, die in letzter Zeit um einige neue Exemplare aus einem Kopenhagener Antiquariat bereichert worden waren. »Es ist keine lebende Natur«, sagte er. »Es sind stilisierte Distanzbetrachtungen. Zu mehr habe ich es nicht gebracht. Deshalb gefallen sie mir so gut.«

Auf dem Damplass fand Tor ein freies Taxi, beschloß, seinen Wagen stehenzulassen und stieg ein.

11

Tor stand vor dem Le Canard im Osloer Westend und betrachtete die Speisekarte. Die Preise waren unverschämt. Er schaute auf die Uhr und spielte mit dem Gedanken, anzurufen und die Verabredung abzusagen. Aber das Lokal war leer, und die Vorstellung, mit ihr – allein – am hintersten Tisch zu sitzen, gefiel ihm.

»Begreifen Sie, warum die Leute einfach keine Manieren haben?« fragte er den herbeieilenden Oberkellner, der ihn verständnislos anstarrte. »Wenn Sie nichts dagegen haben, dann nehme ich den hintersten Tisch.«

»Nein, natürlich nicht. Bitte sehr.«

»Ich bin zuerst noch eine Weile allein, deshalb reicht für den Anfang ein Bier.«

»Und dazu, keine Oliven oder ...«

»Nein, danke.«

»Und Sie werden?«

Tor hatte sich mit dem Rücken zu einer alten Kirchenorgel gesetzt. Er blickte den Kellner fragend an. »Wir werden was?«

»Wie viele?«

»Äh ... zwei.«

»Zwei, ja, dann nehme ich das hier wieder mit.«

Tor hätte gern gewußt, warum der Mann nicht erst das Bier holte, ehe er die überflüssigen Gedecke entfernte, was doch viel mehr Arbeit machte. Tor selber hatte eine Dreiviertelstunde zum Nachdenken eingeplant, zwei Halbe und zwei Kurze, aber jetzt blieb ihm nur eine knappe halbe Stunde.

»Bringen Sie mir auch einen Aquavit«, sagte er, als das letzte Fischmesser verschwand.

Sicherheitshalber bestellte er das zweite Bier, als das erste gebracht wurde. Noch zwanzig Minuten. Er blätterte in einer Zeitung und versuchte sich auf die Börsenberichte zu konzentrieren, zündete sich eine Zigarette an und bat den Kellner, die leeren Gläser zu entfernen.

»Danke.«

Er hatte versucht, nicht zu große oder zu konkrete Pläne zu schmieden, doch die Vorstellung, sich ihr ganz nackt zu zeigen, hatte ihn um den Schlaf gebracht. Deshalb war er in aller Herrgottsfrühe aufgestanden, hatte sich das Frühstück aufs Zimmer bringen lassen und einige Stichworte auf ein Blatt Papier gekritzelt, Themen, denen er ausweichen, Details, die er nicht verraten wollte, die ihm im leicht neurotischen Morgenlicht des Hotelzimmers natürlicher und vernünftiger vorgekommen waren als hier in der quasi-traulichen Atmosphäre dieser späten Stunde. Im Hintergrund schwebte eine leise Arie, als er sie das Lokal betreten und sich vor das Pult des abwesenden Oberkellners stellen sah. Sie trug eine Lederjacke, ein Halstuch und Jeans, ihre hellbraunen Haare lagen in lockeren Wellen über ihren Schultern. Sie war eine bei weitem weniger glamouröse Gestalt als die Frau, die er jeden Abend auf dem Bildschirm betrachtete, und er fragte sich, ob ihr schlichtes Auftreten ihm etwas mitteilen sollte. Diese Anti-Uniform, zum Beispiel, daß sie es nicht für notwendig hielt, sich für die Begegnung mit einem unbekannten Vater, der nie Kontakt zu ihr gesucht hatte – der sich erst jetzt meldete, noch dazu aus höchst unklaren Gründen –, aufzutakeln.

Doch als sich ihre Blicke begegneten und er das leicht sakrale Zeichen gab, das Geständnis – »ich bin es« –, ging ihm auf, daß sie sich im Alltag stets so kleidete.

Er erhob sich, blieb aber stehen, um den Tisch zwischen sich und ihr zu lassen. Sie sollte nicht denken, er erwarte eine Umarmung. Ein Mißverständnis, das er dann aufklären müßte, und das durchaus zu weiteren Mißverständnissen Anlaß geben konnte. Deshalb berührte er seine achtundzwanzigjährige Tochter zum ersten Mal bei einem amerikanischen Händeschütteln über der schneeweißen Tischdecke in Oslos zweitteuerstem Restaurant, und das erschien ihm richtig.

»Ich hoffe, du erwartest keine tränentriefende Versöhnung mit allem Drum und Dran?« fragte sie offen und direkt, während Tors Lächeln andeutete, das sie sich setzen solle. Das tat sie mit einer ein wenig resignierten Geste, und danach nahm auch er wieder Platz.

»Nein«, sagte er ebenso offen. »Ich wollte eigentlich überhaupt keinen Kontakt zu dir, aber ich stecke in einer Klemme und brauche ... Hilfe.«

»Du kommst wirklich schnell zur Sache.«

»Ja.«

»Du hast mich seit ... du hast mich überhaupt noch nie gesehen, aber dann meldest du dich, weil du Hilfe brauchst?«

»Das ist doch wohl nicht das Schlimmste, worum ein Vater seine Tochter bitten kann?«

Sie verdrehte die Augen, sprang auf und machte eine halbe Drehung, eine Bewegung, von der Tor nicht so recht wußte, ob sie spontan oder geplant gewesen war. Sie schlug für einen Moment die Hände vors Gesicht, und dann setzte sie sich wieder, schnell, mit etwas Blankem in den Augenwinkeln, das sie nicht zu verstecken versuchte. Sie griff nach einer Zigarette, und er gab ihr Feuer.

»Rauchen ist ungesund«, sagte er. »Wie soviel anderes. Überleg doch mal, was ich dir alles hätte beibringen können, wenn ich dagewesen wäre.«

Ihr Lachen war eher resigniert als befreiend, aber es war immerhin vorhanden und nicht gleichgültig. »Du bist wunderbar«, sagte er.

»Danke. Du siehst auch nicht schlecht aus, für dein Alter.«

»Wir sehen uns ähnlich.«

»Komisch, was. Wie soll ich dich eigentlich nennen?«

»Wie wäre es mit Papa?«

»Mach keine Witze, du hast doch wohl einen Namen?«

»Eigentlich nicht, aber du kannst mich Tor nennen, das tun auch noch ein paar andere.«

Sie winkte mit ihrer Zigarette. »Willst du dich über mich lustig machen?«

Er starrte die Tischdecke an. »Nein«, sagte er. »Natürlich nicht.«

»Du bist nicht einmal auf Mamas Beerdigung gewesen, und jetzt tauchst du einfach auf und bittest um Hilfe.«

»Doch, ich war da.« Zufrieden registrierte er, daß das Lokal noch immer leer war und daß der Kellner sich näherte.

»Die Dame ist also gekommen, ja. Darf es ein Aperitif sein?«

»Ja«, sagte sie kurz. »Das gleiche wie er.«

»Bier und Aquavit«, sagte Tor. »Und bringen Sie mir bitte auch noch Nachschub.«

»Wird gemacht. Möchte die Dame vielleicht ein paar Oliven...«

»Wer hat Ihnen eigentlich Ihre reizenden Manieren beigebracht?« fragte Tor.

»Um Vergebung!«

»Herrgott«, rief sie errötend und blies Rauch gegen die Wand. Tor blickte den Kellner lächelnd an, und der ging. Sie schwiegen eine Weile. Er hatte noch einen Rest Bier, glaubte aber nicht, den trinken zu dürfen, solange sie noch trocken dasaß.

»Warst du wirklich bei Mamas Beerdigung?« fragte sie.

»Ja, um dich zu sehen. Deine Mutter und ich hatten kein gutes Verhältnis. Wir haben uns gegenseitig durch einige schwere Jahre hindurchgeholfen...«

»In Deutschland?«

»Ja. Aber als sie dann nach Hause wollte, um ein normales Leben zu führen, wußten wir beide, was das bedeutete.«

»Sie hat nie etwas darüber erzählt. Eigentlich bin ich deshalb heute hergekommen.«

»Du warst also nicht neugierig auf deinem Vater?«

»Doch, aber ich wollte immer schon wissen, warum... ihr mich überhaupt bekommen habt. Sie hat mich doch fast genau neun Monate nach ihrer Rückkehr bekommen, und davor wart ihr sechs Jahre zusammen.«

»Du weißt, was wir gemacht haben?«

»Irgendeine Geheimniskrämerei?«

Tor lachte lautlos. »So kann man das auch nennen. Deine Mutter war ein ganz seltenes Sprachgenie, sie sprach Russisch, Polnisch, Tschechisch wie ihre Muttersprache. Zumeist las sie Mitteilungen aus der Ostzone, Routinesachen über Zugfahrpläne, Industrieprodukte und Schulsysteme... und auf die Dauer baute sie damit ein gewaltiges Wissen über die gesellschaftlichen Strukturen drüben auf. Manchmal wurde sie auch ›verliehen‹, wie wir das genannt haben, an die Amerikaner oder die Briten, wenn besondere Berichte zu lesen waren.«

Tor wußte nicht so recht, wie das Gespräch weiter verlaufen sollte, und blickte dankbar den Kellner an, der zögernd fragte, ob die Herrschaften nun endlich bestellen wollten – etwas zu essen. Sie konzentrierten sich auf die Speisekarte.

»Das gleiche für mich«, sagte Tor zerstreut, nachdem seine Tochter bestellt hatte. In diesem Moment schaute sie ihm in die Augen, zum ersten Mal mit offenem Blick, vermutlich nur, um zu fragen, ob er denn wirklich das, was immer er bestellt hatte, gerne aß, und ihre klaren, blanken Pupillen trafen ihn wie ein Schuß. Ihm wurde schlecht und schwindlig. Er schob seinen Stuhl zurück, entschuldigte sich mit kurzem Grunzen und stürzte zur Toilette, wo er im Spiegel sah, daß unter seinem linken Auge eine Ader pochte. Er ballte die Fäuste, sah einige Speicheltropfen zwischen seinen Lippen hervorsickern, aber er blieb stehen, bis sich sein Körper in zitternden Stößen entspannte, wie nach einem epileptischen Anfall.

Er wusch sich mit eiskaltem Wasser, starrte in den Spiegel, bis sein Blick so war, wie er ihn sich wünschte, und ging wieder ins Lokal.

»Was ist los?« fragte sie, und schon hatte er wieder Probleme, setzte sich aber und schaffte es auch, sitzen zu bleiben. »Du sprichst nicht gern über Mama, nehme ich an?«

»Nein«, sagte er und starrte die Wand an, griff dann aber zu seinem Schnapsglas. Sie tat es ihm nach, wie auf Kommando, oder aus Angst, etwas falsch zu machen, und sie stießen an, worauf auch immer, auf eine gemeinsame Hoffnung vielleicht, daß beide diese Begegnung mit heiler Haut überstehen würden.

»Sie bekam Nervenprobleme«, preßte er aus sich heraus. »Das heißt, die hatte sie schon, als wir uns kennengelernt hatten, sie war ja um einiges älter als ich und schon seit mehreren Jahren da unten, als ich dann dazugekommen bin …«

»Komisch. Ich kann mich nicht daran erinnern, daß sie jemals nervös oder labil gewesen wäre.«

»Wahrscheinlich wurde sie ruhiger, als sie wieder zu Hause war und dich hatte. Aber es war...«

»Ich wußte auch nicht, daß sie Russisch...«

»Nein, sie hat alles aufgegeben, was an ihre Zeit in Deutschland erinnern konnte.«

Langes Schweigen. Er spürte, daß sie ihn ansah. Ab und zu sah er auch sie an, meistens jedoch nicht. Er wartete darauf, daß sie etwas sagte.

»Aber du hattest keine Nervenprobleme?« fragte sie.

»Nein, das wollte ich ja sagen. Ich bin gut zurechtgekommen, und das habe ich ihr zu verdanken. Sie war in gewisser Hinsicht für mich mit nervös. Ich war jung und unerfahren und kümmerte mich gern um sie, wenn du verstehst, was ich meine. Aber das alles war in einem normalen Leben unbrauchbar, für sie, meine ich, ich bin ja unten geblieben.«

»Warum eigentlich?«

»Warum was?«

»Ist sie weggegangen?«

Er dachte nach. »Sie hatte in der Zeit, in der du entstanden bist, einen Zusammenbruch. Zuerst ließ sie sich beurlauben...« Wieder zögerte er. »Das ergibt vielleicht keinen besonderen Zusammenhang, aber... fast im selben Moment, in dem sie einen Fuß auf norwegischen Boden setzte, beschloß sie, alles zu vergessen, was mit dem Kalten Krieg zu tun hatte, auch mich. Und das war vielleicht auch gut so, wir waren sehr unterschiedlich. Sie stammte aus dem Großbürgertum hier in der Stadt, hatte studiert und einen tadellosen Ruf, ich dagegen kam von einem ärmlichen Bauernhof im Wald und hatte Waisenhaus und gescheiterte Offizierskarriere vorzuweisen. Mir wurde ganz klar mitgeteilt, daß sie davon nichts in ›ihrem neuen Leben‹, wie sie das nannte, haben wollte, außer dir natürlich.«

»Und das hast du dir gefallen lassen?«

»Äh... ja.« Er sah ihr ins Gesicht. »Du warst doch... unschuldig«, sagte er mit kurzem Lachen und hörte plötzlich eine große Uhr sehr langsam ticken. »Du warst unschuldig und doch ein Teil von mir«, fügte er dann hinzu. »Eine Tochter, die weit weg von mir heranwuchs, im Paradies, diese Vorstellung gefiel mir, ha, ha...«

Er seufzte erleichtert auf, als die Vorspeise gebracht wurde, dann starrte er seinen Teller an. »Was ist das denn?« fragte er. Und zum ersten Mal klang ihr Lachen aufrichtig.

»Warum wolltest du unbedingt herkommen?«

»Weil das Lokal in irgendeiner Zeitung sechs Sterne bekommen hat... Und außerdem ist hier kein Mensch, und es schmeckt gar nicht so schlecht. Was ist das eigentlich?«

»Loddenrogen. Das hier ist einer der teuersten Läden der Stadt, bist du dir darüber im klaren?«

»Kein Problem. Wie geht es dir eigentlich?«

»Wie meinst du das?«

»Wie wohnst du? Mit wem? Woran glaubst du? Lachst du viel? Wie gefällt dir deine Arbeit?«

»Mir geht es gut. Ich wohne gut. Ich habe einen Freund, der Theaterwissenschaft studiert, und ich glaube, bei der Arbeit läuft alles gut.«

Sie lachte noch einmal, um zu betonen, wie wahr das alles sei.

»Und wovon träumst du?« fragte er.

»Davon, eine bessere Journalistin zu werden, glaube ich, die Lügen und Ungerechtigkeit aufzeigt und die Welt ein bißchen besser macht. Aber du kannst sicher spannendere Geschichten erzählen. Warum wollte Mutter eigentlich wieder nach Hause, was hatte ihren Nervenzusammenbruch ausgelöst?«

»Das willst du gar nicht wissen...«

»Was ist das für ein Unsinn?«

Er fuhr zusammen. »Na ja, ich spreche nicht gern darüber«,

sagte er, legte Messer und Gabel hin und sah sie an. Er wollte sie essen sehen, denn das ist ein alltäglicher Vorgang, doch auch sie hörte auf, und so saßen sie da und blickten einander abwartend an. Sie hatte Weißwein bestellt, er selber blieb beim Bier.

»Das ist eine lange Geschichte«, sagte er. »Aber das sagt man ja immer, wenn man ausweichen will.«

»Na los.« Sie nahm ihr Besteck und schwenkte es ungeduldig. Er aß fertig, trank einen Schluck Bier und sagte: »Eines Tages tauchte in der norwegischen Botschaft in Bad Godesberg ein Russe auf, ein Überläufer. Er war kein großer Fisch, aber das war unmittelbar nach dem Einmarsch in der Tschechoslowakei, und die Lage war... hysterisch. Er war Ingenieur, hatte sich bei einem Kongreß in Den Haag abgesetzt und irgendwo in Sibirien Frau und drei kleine Kinder hinterlassen. Er hieß Godunow, wie der Opernheld, und er hatte sich eingeredet, daß die Westmächte seiner Familie bei der Ausreise helfen würden, wenn er uns alles erzählte, was er über ein Atomkraftwerk wußte, an dessen Planung er beteiligt gewesen war.«

Tor holte Atem und schaute sich um.

»Was ist los?« fragte sie.

»Nichts«, sagte er. »Wir konnten nicht sehr viel machen. Wir reichten ihn an die Briten weiter, aber deine Mutter mußte bei den Verhören dabeisein, als Dolmetscherin, und teilweise auch, um seine Aussagen zu überprüfen. Wir wußten doch nicht, ob er ›weiß‹ war, wie wir das nannten, oder ob die Russen ihn bei uns einschmuggeln wollten, um Desinformationen zu verbreiten. Und in diesen Wochen hat sie ihn natürlich kennengelernt.«

Tor trank einen Schluck Bier. »Aber«, sagte er dann, »ungefähr einen Monat später kam mit der Post eine Filmrolle, zu *unserer* Botschaft. Der Film zeigte, wie drei maskierte KGB-Männer in Godunows Wohnung in Sibirien eindrangen und seine Familie mit Fleischeräxten zerhackten. Sie fingen mit den Kindern an, und als sie bei der Mutter anlangten, hatte die natürlich schon den Verstand verloren...«

»Wie kannst du mir so etwas Schreckliches erzählen!«

»Es wird noch schlimmer«, sagte Tor, »wenn du selber Kinder hast.«

»Aufhören, hab ich gesagt!«

Sie schob ihren Stuhl zurück, sprang auf, starrte ihn wütend an und ging. Gleich darauf wurde das Hauptgericht serviert, aber der Kellner nahm es dienstbeflissen wieder mit, als er festgestellt hatte, daß Tor allein war. Das blieb er über fünf Minuten. Er hatte gegen einen weiteren Vorsatz verstoßen, ohne recht zu wissen, warum, aber es war ihm angemessen vorgekommen, hier, vor den Augen seiner Tochter.

»Und sie war wirklich dabei?« fragte sie ohne Einleitung, als sie zurückkam. »Sie hat sich diesen Film angesehen?«

»Ja. Als Journalistin weißt du ja, wie solche Amateurfilme aussehen. Viele glauben, im Kalten Krieg hätten wir Telefone angezapft und uns gegenseitig durch Ferngläser beobachtet. Aber so war das nicht...«

Er sah den Kellner kommen und winkte abwehrend mit der Hand. Sie achtete nicht auf ihn.

»Hat er den Film denn auch gesehen, der Vater dieser Kinder?«

»Danke«, sagte Tor zum Kellner.

»Hoffentlich schmeckt es.«

»Ja, danke, sehr gut.«

»Ich habe dich etwas gefragt.«

»Ich kann mir das nicht vorstellen. Aber er hat davon gehört, und danach hat er natürlich Selbstmord begangen.«

»Natürlich? Das ist doch total... Wie kannst du so darüber reden?«

Tor bedachte sie mit einem harten Blick. »Reiß dich zusammen«, fauchte er unbeherrscht und war zugleich von seiner eigenen Aggressivität überrascht. »Dieser Idiot!« schimpfte er. »Dieser Idiot hatte sich in seiner Einfalt selber in diese Hölle gebracht, und dann ist doch klar, daß man Selbstmord begeht! Wer zum Henker kann denn mit so etwas leben ...«

»Es war also seine Schuld?«

»Es war die Schuld von mehreren, aber auch seine. Und ...«

»Und was?«

»Jetzt mußt du ganz ruhig bleiben, sonst müssen wir das Thema fallenlassen.«

»Warum?«

Er blickte sie verdutzt an. »Ich weiß nicht«, sagte er unsicher und starrte auf seinen Teller.

»Das ist zum Kotzen«, sagte sie.

»Willst du den Rest hören, oder wechseln wir das Thema?«

»Natürlich will ich den Rest hören.«

Er legte eine kurze Pause ein, aber die Pause fiel dann doch länger aus. Er hörte wieder das langsame Ticken, schaute sich um und war atemlos wie nach einer Runde Holzfällen, dann redete er endlich weiter.

»Ich wußte, daß die Sache hoffnungslos war, aber ehe wir diesen Godunow den Briten übergaben, bat ich deine Mutter – off the record natürlich – ihm zu sagen, wenn er wirklich so ›weiß‹ sei, wie er behauptete, dann solle er uns kein Wort verraten, sondern jeden Tag zum lieben Gott beten, wenn er seine Familie lebend wiedersehen wolle. Aber er dachte, wir wollten auf diese Weise nur testen, ob er die Wahrheit sagte. Und deshalb ... ja, die Briten erfuhren von meiner unzulässigen Warnung, und die Sache hatte ein Nachspiel für deine Mutter und mich. Unsere Leute hielten es für ein Alarmsignal, daß die Russen uns und nicht den Briten den Film geschickt hatten. Das war zuviel für sie. Sie wurde zwar in einer Poliklinik von Fachleuten behandelt, aber sie wurde immer deprimierter, und am Ende mußten sie sie nach Hause schicken. Sie verbrachte einen Monat in einem Sanatorium hier am Stadtrand. Und von dort hat sie mir geschrieben, daß sie ein neues Leben anfangen wollte.«

»Sie fühlte sich also mitschuldig?«

»Das liegt doch auf der Hand. Bei den Verhören kam es außerdem zu allerlei Mißverständnissen, sprachlichen Problemen, für die sie verantwortlich war, Bagatellen, aber es machte die Briten argwöhnisch. Sie nahmen ihn ziemlich in die Mangel, und im nachhinein redete sie sich ein, daß Godunow aufgrund dieser Behandlung mehr gesagt hätte, als er sagen wollte.«

Sie schien ihr Essen nicht anrühren zu wollen. »Und damit habe ich mein ganzes Leben lang gelebt«, murmelte sie.

Er blickte sie überrascht an. *»Du?«*

»Ja, es war doch hier, gewissermaßen während meiner ganzen Kindheit, wie ein Schatten, oder wie man das nennen soll, ihre Geheimnisse müssen doch ... unsere Beziehung geprägt haben.«

Tor lachte kurz. »O nein, mein Mädel. Es war eben nicht da. Und dafür kannst du dich bei ihr bedanken.«

»Na gut. Und wofür kann ich mich bei dir bedanken?«

»Für dasselbe, wenn du schon fragst. Der Kalte Krieg wurde von sehr wenigen Menschen ausgefochten, zu denen auch etliche Arschlöcher und Trottel gehörten ... ich selber ja auch. Während ihr anderen zu Hause gesessen und nichts mitbekommen habt. Der Kalte Krieg war der Krieg, über den alle ganz klare Ansichten hatten, von dem aber niemand etwas merkte.«

»Soll das eine Anklage sein?«

»Nein, das war ja der Sinn der Sache. Das normale Leben sollte seinen Gang gehen, die Menschen, deren Fotos wir auf dem Schreibtisch und in der Brieftasche hatten, die um acht Uhr morgens in Bærum aufstanden und frühstückten, ehe sie zur Schule gingen und Schönschrift lernten – ihr wart unsere Erfindungen, unsere Ideale, ich spreche jetzt natürlich von den einfachen Fußsoldaten. Die Leute an der Spitze waren da schon ... wie soll ich sagen ... strukturierter.«

»Die Briten, die diesen Godunow verhört haben, waren ›strukturierter‹?«

»Der Fall Godunow war ein Skandal. Aber die Spitzenleute mußten einfach in ihren eigenen gesellschaftlichen Systemen verankert sein, sonst hätten sie nicht spielen können. Man vergißt oft, daß das Spiel voraussetzt, daß ... ja, hä, hä ... daß man weiß, was man tut, daß man nicht um das Wesentliche spielt, schwachsinnig, was?«

Tor aß, zufrieden mit der »normalen« Weise, in der sie reagierte, mit ihrem »normalen« Unglauben und ihrem Entsetzen. Solche »Normalität« sollte in Friedenszeiten in Zeitungen und Fernsehen gezeigt werden, wenn er das richtig verstanden hatte. »Eins hast du übrigens von mir«, sagte er. »Deinen Namen. Den durfte ich dir immerhin geben, als letzten Gruß.«

»Und warum Sara?«

»Das ist ein schöner Name, such selber einen Grund.«

»Ich muß wohl für vieles einen Grund suchen. Ich habe noch nie einen so seltsamen Abend erlebt.«

»Iß jetzt, dein Essen wird kalt ... es ist übrigens schon kalt serviert worden, aber es schmeckt gut.«

Sie griff zu ihrer Gabel und spießte eine kleine Möhre auf.

»Hast du noch andere Kinder?« fragte sie.

»Nein, ich war einmal verheiratet, nachdem deine Mutter mich verlassen hatte, aber das hat weder Kinder noch Spaß gemacht. Jetzt lebe ich mit einer Exnutte zusammen, die sich auf der Fähre zwischen Umeå und Vasa um LKW-Fahrer gekümmert hat. Nutten sind die einzigen Menschen, auf die im Ernstfall Verlaß ist.«

»Beeindruckend.« Sie schob sich die Möhre zwischen die Zähne und machte sich über die Entenbrust her. »Im einen Augenblick kommst du mir vor wie ein alter Weiser, im nächsten wie ein Rotzbengel, wer bist du eigentlich?«

»Keine Ahnung.«

»Ich weiß ja nicht einmal, ob du wirklich mein Vater bist.«

Tor lachte. »Ich geb dir mein Wort«, sagte er. »Du hast den Kindergarten Bjerkebekk besucht und dann die Grundschule in Stabekk. Dein Abitur hast du in England gemacht. Zwei Jahre Reisen durch Lateinamerika und Asien. Ein Jahr Journalistikstudium in Volda, freie Mitarbeiterin bei den Zeitungen Klassekampen und Dagbladet, engagiert bei mehreren idealistischen Organisationen, unter anderem antirassistische Arbeit. Hast allerlei nervige Aktionen mitgemacht, ehe du die Lederjacke ausgezogen und dich vor die Fernsehkameras gesetzt hast, um der Welt zuzulächeln ...«

Sie lachte laut. »Die Lederjacke habe ich noch.«

»Und den Idealismus?«

»Den hoffentlich auch.«

Er schob seinen Teller beiseite, hob sein Bierglas und blickte sie fragend an. Sie nickte. Er hob zwei Finger, in dem Versuch, das Interesse des Kellners zu erregen, doch der brachte gerade zwei neue Gäste zum Nachbartisch, ein junges Paar, das Tor für Vertreter der neuen Generation von Neureichen hielt. Sie saßen immer am Nachbartisch, wie er ihrem lauten Wortwechsel entnahm, es war gewissermaßen »ihr Tisch«; sie redeten laut weiter, auch nachdem sie Oliven und Weißwein bestellt hatten, und schauten Tor und dessen Tochter fast schon auffordernd an.

»Ich hab wohl langsam einen Schwips«, sagte sie leise und beugte sich vor. »Wenn das so weitergeht, kann ich dich am Ende noch leiden.«

»Das werden wir doch zu verhindern wissen«, sagte Tor leise. »Du hast bei der OAA mitgemacht, der Organisation für Antirassistische Arbeit ...«

»Das mache ich noch immer, überwachst du uns?«

»Nicht ich, die Wirtschaftskripo. Vor einem halben Jahr hat jemand von euch die Polizei auf Unterschlagung öffentlicher

Mittel aufmerksam gemacht, angeblich steckt euer Vorsitzender dahinter, ein gewisser Krahili ...«

»Was für ein Unsinn.«

»Ist es leider nicht. Es läßt sich belegen, auch wenn noch viel Arbeit getan werden muß, ehe die Sache vor Gericht kommt. Vermutlich wird man euch – oder dem Vorsitzenden und der Organisationsleitung – gefälschte Mitgliederzahlen, um mehr Zuschüsse zu erlangen, und Unterschlagung von Zuwendungen privater Unterstützer vorwerfen.«

»Das glaube ich nicht.«

»Aber das ist noch nicht alles«, sagte Tor. »Der Gewährsmann, der sich bei der Polizei gemeldet hat, war vorher in dem Ministerium, das die Gelder vergibt, und hat auch dort ausgepackt. Aber das Ministerium hat nichts unternommen. Das kann natürlich pure Schlamperei sein, es ist aber auch möglich, daß der Mann, der im Ministerium diese Information registriert hat, selber Mitglied der OAA war ...«

»Wer denn?«

»Und daß er mit diesem Krahili eng befreundet war und vermutlich auch noch ist. Wichtig ist jedenfalls, daß eine Notiz über die Mitteilung des Gewährsmanns im Ministerium archiviert wurde, allerdings nach einem schwer durchschaubaren System. Der Fall wurde ›begraben‹, wie man das nennt, wenn eine Notiz einen nichtssagenden Namen erhält, der nur dem Notatschreiber etwas sagt. Aber sollte die Wirtschaftskripo diese Unterlagen finden, dann haben wir es nicht nur mit Unterschlagung zu tun, sondern mit ...«

»Mit einer Regierungskrise?«

Tor schielte mißtrauisch zu dem Paar am Nebentisch hinüber, das noch immer sehr laut war, und senkte seine Stimme noch stärker.

»Kommt darauf an, wie clever dieser Staatssekretär ist, ob er seinen Minister informiert hat oder nicht, und ob der nun wiederum den Ministerpräsidenten informiert hat und der seinerseits das Parlament – wider besseres Wissen. Das alles weiß ich nicht. Auf jeden Fall bricht für den Staatssekretär ein Sturm los, und vermutlich wird er bei seinem Sturz den Minister mitreißen.«

Sie dachte lange nach und sah ihn an. »Warum erzählst du mir das alles?« fragte sie.

»Den Grund könntest du eigentlich selber rausfinden.«

»Damit ich meine Freunde in der OAA warnen oder den Fall an die Öffentlichkeit bringen kann, was bedeuten würde, sie zu denunzieren?«

Tor lächelte. »Das ist nicht einfach, was?«

Sie starrte ihn ungläubig an, dann wurde ihr Gesichtsausdruck sarkastisch und schließlich belustigt. Und dann aß sie plötzlich weiter.

»Vielleicht wäre beides möglich?« schlug sie mit vollem Mund und theatralischer Mimik vor. »Ich könnte sie warnen, als gute und loyale Sympathisantin, um dann drei Tage später, wenn sie in Deckung gegangen sind, die tüchtige Journalistin zu spielen, die alles an den Tag bringt.«

»Mm.«

»Oder ich könnte das alles auch lassen.«

»Als nicht besonders tüchtige Journalistin.«

Sie blickte ihn aufmerksam an. »Du willst deine Tochter doch wohl nicht auf eine moralische Probe stellen? Der Vater, der aus dem Krieg zurückkehrt und wissen will, ob seine Lieben den Frieden auf vertretbare Weise verwaltet haben?«

Tor lachte leise. »Ich dachte eher an ...« Aber dann verstummte er und lenkte ihren Blick zum Nachbartisch, mit der diskreten Frage, ob sie jetzt wohl gehen könnten, obwohl gerade erst zwei neue Gläser auf den Tisch gestellt worden waren. Sie hatte nichts dagegen, und er bat um die Rechnung.

»Ich muß das also wohl selber entscheiden«, sagte sie. »Schließlich bin ich ein selbständiger Mensch. Sehen wir uns wieder?«

»Möchtest du das?«

Sie bewegte den Kopf hin und her und lächelte schelmisch.

»Na gut«, sagte er. »Aber das kann dauern. Ich muß dich aber um etwas bitten.«

»Um meine Hilfe, die du so dringend brauchst?«

»Ja. Wie du weißt, habe ich ein seltsames Leben geführt. Und ich wußte schon lange, ehe die Mauer verschwand und diese blödsinnige Untersuchungskommission eingesetzt wurde, wohin der Hase lief. Deshalb habe ich in den letzten Jahren einige kleine Aufgaben übernommen, ungefährliche Dinge, aber ich... ja, ich habe gegen das erste Gebot des Dienstes verstoßen und mich selber finanziell gesichert. In dieser Welt ist nämlich auf niemanden Verlaß...«

»Abgesehen von deiner ›Nutte‹?«

»Abgesehen von ihr, ja. Um mich herum passiert irgend etwas, und ich muß wissen, was. In diesem Land gibt es einen Mann, der mehr weiß, als die meisten anderen, eben auch, daß du meine Tochter bist. Sollte eines Tages ein netter alter Mann kommen, der mir gewissermaßen das Leben geschenkt hat, und mit dir über mich sprechen, wie alte Männer über alte Bekannte sprechen, gibst du mir dann ein Zeichen?«

Er blickte in die seltsam vertrauten Augen, in das klare und reine Gewissen. Sie hob entwaffnet die Hand und lächelte mühsam. In diesem Moment brachte der Kellner die Rechnung.

»Hat es geschmeckt?«

»Ja, sehr gut.«

Tor half seiner Tochter in die Lederjacke. Sie gingen zum Pult, er nahm Mantel, Hut und Schal. »Nein, ich bezahle bar. Auf Wiedersehen.«

Es war milder geworden, die Straßen waren naß. Er schaute seine Tochter an, die in eine andere Richtung blickte. Sie fröstelte. »Möchtest du ein paar Schritte laufen?« fragte er. »Mit mir mitfahren, oder...«

»Du hast doch getrunken.«

»Also gehen wir?«

Wortlos gingen sie auf den Schloßpark zu, durch ein schmiedeeisernes Tor und unter die Bäume. Es war ein früher und dunkler Abend. Tor hätte fast ihren Arm genommen, riß sich zusammen und lächelte, als sie seinen nahm.

»Tut gut, an die frische Luft zu kommen«, sagte sie.

»Eins muß ich dir sagen: Ich sehe dich jeden Abend, aber ›live‹ bist du noch viel schöner...«

»Danke.«

»Und wenn dieser geheimnisvolle Mann auftaucht... ich glaube nicht, daß du eine Telefonnummer oder eine Adresse mit dir herumtragen solltest, aber du bist doch jeden Abend im Fernsehen, dann könntest du mir ein Zeichen geben. Du trägst Kontaktlinsen, nicht wahr, grüne, aber deine Augen sind blau?«

»Worauf willst du hinaus?«

Er lächelte. Sie gingen schweigend weiter. »Wirst du mir das verraten?«

»Das ist mein Wagen«, sagte Tor und klopfte auf den BMW. Sie hatten den Park hinter sich gelassen und standen vor dem Künstlerhaus. »Ich kann dich nach Hause fahren.«

Er sah, daß sie ihn noch einmal daran erinnern wollte, daß er etwas getrunken hatte, daß sie resigniert lächelte und sich dann doch ins Auto setzte.

»Die Adresse brauche ich dir wohl nicht zu sagen?«

»Ja, an mir läßt sich zwar allerlei aussetzen, mein Mädel, aber nur wenige Väter passen besser auf ihre Töchter auf.«

Er bog in den Bogstadvei ein. Sie legte den Kopf auf die Nackenstütze.

»Vielleicht ist das die Lösung«, murmelte sie. »Väter, die wegbleiben und doch da sind. Das erspart einem Traumata und Enttäuschungen, mit denen meine Freundinnen sich herumquälen, und die ich nie verstanden habe.«

»Und die Mythen?«

»Ob du es nun glaubst oder nicht, ich habe meine ganze Kindheit hindurch geübt, Papa zu sagen, wenn Mutter mich mit gesundem Essen und Zähneputzen gequält hat und ich einen Verbündeten brauchte. Ich habe fast schon zu dir gebetet – komm mich retten, hol mich wenigstens zu einem kleinen Abenteuer, mit Mutter allein ist alles so verdammt langweilig.«

»Ich glaube nicht, daß ich bereit gewesen wäre, die Autorität deiner Mutter zu untergraben. Das bringt nur selten etwas Gutes.«

Er war jetzt in den Kirkevei abgebogen. Vor einer Ampel drehte er sich um, griff auf der Rückbank nach einem Flachmann und reichte ihn ihr.

»Was ist das?« Sie drehte den Verschluß ab und roch daran.

»Cognac. Mm, dazu hatten wir keine Zeit mehr.« Dann trank sie vorsichtig einen Schluck und nickte anerkennend.

»Nimm ihn aus dem Futteral«, sagte er.

Den Flachmann zierte eine wunderschöne Filigranarbeit, ein von Lianen, die sich bei genauerem Hinsehen als Schlangen entpuppten, umschlungenes Tor und ein Name. »Eine Erinnerung aus meinem früheren Leben«, sagte er. »Von dem Alten, von dem ich erzählt habe. Zeig ihm das, wenn er auftaucht.«

»Darf ich den behalten?«

»Das ist bis auf weiteres das einzige, was ich dir geben kann.«

»Ismael? Wer ist das?«

»Tja, das war ich wohl, früher einmal. Ab und zu.«

Sie schüttelte den Kopf, spielte mit dem Verschluß, trank noch einen Schluck, wiegte sich hin und her und sagte mit lauter und deutlicher Fernsehstimme zur Windschutzscheibe:

»Sag mal, Ismael, was hast du eigentlich in deinem ganzen langen Leben gemacht?«

12

Tor richtete sich auf und rang um Atem. Skeptisch betrachtete er die Tiefkühltruhe, die er auf dem kleinen Anhänger festgeschnallt hatte. Der Verkäufer half ihm, Plane und Seile anzubringen, dann ging Tor zum Bezahlen wieder ins Haus. Es war garantiert die billigste Tiefkühltruhe im ganzen Land. Er füllte einen Garantieschein auf Susis Namen aus, bedankte sich und ging.

Es regnete jetzt, eine dünne Nieseldusche aus schwerem, stillem Himmel. Vor ihm lag eine Autofahrt von anderthalb Stunden. Es war Donnerstagvormittag und nicht viel Verkehr. Im Rückspiegel sah er den Anhänger und die flatternde Plane. Er stieß einen Pfiff aus, schob eine Kassette ein und hörte sich sein Gespräch mit Markus Danielsen an.

Ungefähr auf halber Strecke hielt er bei einer Tankstelle, trank einen Kaffee, kaufte Zeitungen und bemerkte, daß auf den Feldern kaum noch Schnee lag. Nebel schien heraufzuziehen. Auf den letzten Kilometern sang er und sah den Hof fast mit Wehmut wieder. Er blieb auf der Hauptstraße stehen und schaute über die Felder, auf die Angelstelle, wo das Eis gerade wieder zu schmelzen schien. Nasser Schneematsch auf beiden Straßenseiten, keine Fußspuren außer denen von Susi.

Er fuhr das letzte Stück zum Hof und sah, daß sie vergessen hatte, die Hoflampe auszuschalten; vermutlich hatte die während seiner gesamten Abwesenheit gebrannt. Er sah Spuren zwischen Holzschuppen und Wohnhaus, ihre, vorbei an der Haustür und hinüber zur Garage, wo immer das Fahrrad stand, ihres, kein anderes.

Die Stille war vollkommen. Er blieb stehen und schaute sich um. Wie betrachtet ein »normaler« Mann sein Eigentum? Wie betrachtet ein verfolgter Mann sein Eigentum? Als Falle? Als Festung? Sein Blick huschte wie ein Vogel über Felder und

Hügel. Stille, schmelzender Schnee, vor dem Zaun ein Elchpfad.

Er fuhr den Anhänger in den Schuppen, löste die Plane, wischte Wassertropfen von der Tiefkühltruhe, trug Lebensmittel, Farbeimer und Werkzeug ins Haus. Er kochte eine rasche Mahlzeit, zog einen Overall an und ging mit einem Spaten aufs Feld. Offensichtlich hatten noch Blätter an den Bäumen gehangen, als er die Tasche vergraben hatte, jetzt war er nämlich von allen Seiten und schon von weitem zu sehen. Aber ihm wurde nicht schlecht, und die Arbeit dauerte nur einige Minuten. Er schleppte die Tasche in den Stall, spülte sie ab und öffnete sie. Die Waffe lag unversehrt in ihrem wasserdichten Futteral, eine Merlin mit Zielfernrohr, wie sie Heckenschützen in Afrika gern verwenden, mit Geschossen, die die Beute durchschlagen und verschwinden. Sie war nicht besonders schwer. Er wischte sie ab, trat vor ein Stallfenster und zielte auf den Hügel auf dem gegenüberliegenden Flußufer. Zwischen den Tannen sah er Birkenstämme, schneelose Stellen, braunschwarzen Farn und matte Winterspuren auf dem Waldboden. Aber keine Bewegungen.

Er ließ seinen Blick zu einer Felskuppe wandern, sah einen großen Vogel auffliegen. Aber schon nach zehn, fünfzehn Metern steuerte der Vogel wieder die Sträucher an.

Er packte das Gewehr wieder ein, trug es auf den Heuboden und versteckte es hinter zwei Dachbalken. Er legte die anderen Waffen in die Tasche, ging wieder aufs Feld und vergrub sie wieder an derselben Stelle. Noch immer war ihm nicht schlecht. Er betrachtete den schwarzen Erdflecken im schmelzenden Schnee. Es regnete noch immer, deshalb unternahm er weiter nichts, sondern ging zum Hof zurück, duschte und legte sich hin.

Wie denkt ein »normaler« Mann an eine Tochter, an eine verstorbene Frau und eine Mitbewohnerin? Hält er sie für Fallen? Es regnete, als er zum unruhigen Flattern der Vogelschwingen einschlief, und es regnete, als er zum langsamen Ticken der Uhr erwachte. Es war jetzt dunkel. Er ging in die Küche, zog die Vorhänge vor und schälte Kartoffeln. Um fünf Uhr schob er die Lammkoteletts in den Backofen und fing an zu warten. Er öffnete eine Flasche Wein, machte Feuer im Kamin und ging dann zur Haustür, um die Straße sehen zu können. Nichts.

Ihm brach der Schweiß aus.

Diesen Punkt hätte er nicht erreichen dürfen.

Er schleppte einen Sessel auf die dunkle Glasveranda, wickelte sich in eine Decke und wartete, bis seine Augen sich an die Dunkelheit gewöhnt hatten. Er konnte den Weg zum Hof und die Hauptstraße zum Dorf sehen, den Fluß und den schwarzen Hügel, der sich vor dem sternlosen Himmel vage abzeichnete. Sie kam erst anderthalb Stunden später. Er sah, daß sie unten auf der Hauptstraße die Wagenspuren entdeckte und das letzte Wegstück aufgeregt wie ein Kind hinter sich brachte. Sie schob ihr Rad unter das Dachgesims, berührte das Auto mit verwunderter, liebevoller Geste und ging in die Garage. Er riß die Tür auf und stürzte hinaus.

»Neeeein!« brüllte er und spürte, wie der Regen hart auf sein Gesicht prasselte, auf seinen Körper, auf alles. Dann mußte er lachen. Sie blickte ihn verwundert an.

»Ach, nichts«, rief er. »Ich hab auf dich gewartet. Du kommst doch sonst immer um vier.«

»Ich habe jetzt viel zu tun, so als Geschäftsfrau...«

»Ja, ja.« Er preßte die Hände auf die Knie. »Wie findest du das Auto?«

»Wunderschön. Es ist weinrot, nicht wahr?«

»Unter dem ganzen Dreck ist es das wohl. Ich wollte es schon waschen, aber das hätte nichts gebracht.«

Er warf ihr über das Autodach hinweg die Schlüssel zu. Sie schnappte sie und umarmte ihn rasch, ehe sie sich hinter das Lenkrad setzte. Tor stieg auf der anderen Seite ein und sah die feuchte Gänsehaut unter dem Ausschnitt ihres Regenmantels.

»Machen wir einen Ausflug?« fragte sie.

»Mit dem Kühlschrank?«

»Was?«

»Mit der Tiefkühltruhe, mein ich. Ich hab auch eine Tiefkühltruhe gekauft.«

»Ach?«

»Und einen Haufen Lebensmittel.«

Sie stiegen aus und bewunderten die Tiefkühltruhe. Er koppelte den Anhänger ab und schob ihn in den Schuppen. Sie setzten sich wieder ins Auto.

»Hast du deinen Führerschein?«

»Sicher«, sagte sie, noch einige Male »sicher«, während die Zungenspitze in ihren Mundwinkel spielte und sie wendete und auf die Straße zuhielt, Gangschaltung und Bremsen ausprobierte, auf die Hauptstraße fuhr, Fenster, Scheibenwischer, Radio...

»Du fährst gut.«

»Ich fahre wie eine Göttin.«

Sie bog nach Osten ab und gab Gas. Sie fuhren den Hang hinab und erreichten eine weite Ebene mit Feldern auf beiden Seiten, Feldern in schwerer Dunkelheit, dahinter Wälder. Das Radio brüllte. Tor drehte es noch lauter.

»Was für ein Wagen! Was hat er gekostet?«

»Eine ganze Menge. Fahr zum Rastplatz oben auf dem Hügel und kehr um, ich hab Essen im Herd.«

Er legte ihr die Hand auf den Oberschenkel und fing an, sie zu massieren.

»Mach so weiter, und ich fahr uns in den Straßengraben.«

»Tust du nicht.«

»Das werden wir ja sehen.« Sie gab wieder Gas. Der Wagen geriet ins Schlingern. »Himmel, ist das herrlich.«

Die Tachonadel passiert 110, 120... die Schneehaufen am Straßenrand jagten wie Funken an ihnen vorbei. »Konzentrier dich!« rief er und hörte ein fernes Brüllen.

Sie ließ das Gaspedal los, das Auto wurde langsamer, als es den Hang hochfuhr, und blieb schließlich mitten auf der Straße stehen. Tor zog die Bremse an und schaltete das Radio aus, steckte zwei Zigaretten an, gab ihr eine. Sie zog energisch daran, öffnete ein Fenster und hielt den Kopf hinaus in den Regen. »Was für ein Willkommensgruß!«

»Viele Reisen wird es jetzt nicht mehr geben.«

»Und was verstehst du unter ›viel‹, mein Mann?«

»Daß ich alles getan habe, was ich tun konnte, um meine Ruhe zu haben.«

»Willst du die denn?«

»Ich glaube schon.«

»Du glaubst. Immerhin. Und was glaubst du, was ich glaube?«

Er sah sie an. »Was glaubst du?«

Sie biß sich auf die Lippen und schaute hinaus in die Dunkelheit.

»Ich glaube dasselbe. Ich versuche es zumindest. Obwohl ich keine Ahnung habe, was hier vor sich geht, kapiere ich immerhin, daß es so sein muß, daß das meine einzige Chance ist.«

Er schaute auf die andere Seite und schwieg. »Du«, sagte sie, als der Regen lange Minuten auf das Dach getrommelt hatte. »Ich glaube, ich kann nicht zurückfahren.«

Tor stieg aus und öffnete ihre Tür, führte sie um das Auto herum. Er fuhr langsam.

»Hast du sie getroffen?« fragte sie.

»Wir haben zusammen gegessen. Sie ist es nicht.«

»Und das macht dir noch größere Sorgen?«

»Ja, und alles, was ich in die Wege geleitet habe, um festzustellen, daß sie es nicht ist, und er auch nicht.«

»Er?«

»Der Chef meiner düsteren Vergangenheit. Er ist schwerer zu durchschauen als alle anderen. Sie können ihn durch die Mangel gedreht haben, in Verbindung mit dieser Untersuchungskommission, die den Diensten gerade soviel zu schaffen macht. Er kann sich auch bereit erklärt haben, Schlacken zu verkaufen, um das zu behalten, was das Behalten lohnt.«

»Und du gehörst zu diesen Schlacken?«

»Zweifellos. Ich würde gern sagen, daß das nicht sein Stil ist, aber ehrlich gesagt, weiß ich gar nicht, was sein Stil ist. Er trägt Verantwortung, und solche Leute müssen zu große Rücksicht nehmen, um Freunde genannt werden zu können.«

»Aber jemanden gibt es?«

»Ja. Ich weiß nicht, wie du das siehst, aber wenn man etwas erzählt, dann erzählt man es vor allem sich selber. Es liegt in uns, auf Lager, jahrelang, dann nimmt man es hervor – und plötzlich verändert es sich.«

»Du hast ihr von ihrer Mutter erzählt?«

»Ja.«

»Und das hat dir zu denken gegeben?«

»Ja.« Tor fuhr vor das Haus und hielt an. Sie blieben im Wagen sitzen. »Ich habe ihr von ihrer Mutter erzählt«, sagte er. »Und von Deutschland. Aber inzwischen habe ich festgestellt, daß sich das nicht so ergeben hat, als natürlicher Teil eines Gesprächs zwischen Vater und Tochter, sondern daß es die ganze Zeit wie ein Heckenschütze auf der Lauer gelegen hat.«

»Seit du dem Polizisten begegnet bist?«

»Ich bin ihm auch jetzt begegnet. Seltsamerweise hat er sofort zugegeben, daß er mit Moland in Verbindung steht. Aber ich glaube ihm nicht so recht, was er mir erzählt hat.«

»Und das bedeutet, daß alles hier plötzlich in die Luft gehen kann, ohne daß wir eine Ahnung davon hätten, wer dahinter steckt?«

Tor wirkte zerstreut. »Was?« fragte er. »Ich weiß nicht... sie hat eigentlich ganz vernünftig reagiert. Sie hat mich in ihre Wohnung mitgenommen, um mir ein ›größeres Bild‹ von ihr zu geben, wie sie sagte. Die Wohnung war schön und ordentlich, modern, und alles, wie es sein soll. Sie hat einen Freund erwähnt, aber ich habe weder seine Zahnbürste noch Kleider oder Gangsterfilme im Videoregal gesehen, nur weibliche Gegenstände, die nützlich und schön zugleich sind.«

Susi lachte. »Vielleicht hat sie dich an der Nase rumgeführt.«

»Das kann sein. Als ich jung war, hatten wir alles in uns, Teufelei und Träume. Heute haben sie es im Gesicht, in der Kleidung oder um sich herum. Ich saß in dieser Wohnung und dachte, daß ich eigentlich ohne Umgebung aufgewachsen bin, ohne irgend etwas, das anderen ein ›größeres Bild‹ von mir geben könnte.«

»Das war bei mir wohl auch so, abgesehen von den Filmstars an der Wand. Hast du ihr von mir erzählt?«

»Ja.«

»War das klug?«

»Ich weiß nicht. Aber irgendwann dachte ich, wenn sie mich leiden kann, dann als...« Er verstummte.

»Als der, der du eigentlich bist?« Susi lachte. »Jetzt bist du richtig niedlich, mein Herz. Jetzt glaub ich wirklich, daß sie dich an der Nase herumgeführt hat.«

Er kannte dieses Gespräch, mit einer Frau über eine andere reden, fremdes Territorium, deshalb schwieg er. »Sollen wir kurz duschen?« fragte sie.

»Nein.«

Sie sah ihn an. »Bist du sauer?«

»Natürlich nicht.«

»Du bist sauer.«

Tor starrte schweigend in den Regen. Susi öffnete die Tür und stieg aus. »Na los, mein Junge, dann kommst du auf andere Gedanken.«

»Triffst du dich immer noch mit Marit?«

»Sie hat zweimal hier übernachtet, als du verreist warst. Wieso fragst du?«

»Ist das vernünftig?«

»Soll das ein Zeichen von Eifersucht oder Fürsorge sein?«

»Das weiß ich nicht.«

»Du hast kein Vertrauen zu ihr?«

»Ich glaube nur, daß du dich in der nächsten Zeit an mich halten solltest, und sonst an niemanden.«

Sie stampfte mit den Füßen auf. »Kommst du oder kommst du nicht?«

»Was verbindest du mit dem Kalten Krieg, Susi?«

»Nichts. Ich war nicht dabei. Also?«

»Das Grab des Unbekannten Soldaten. Die verlorenen Siege. Keine Helden. Keine Schlachten. Keine Frontlinien. Keine Zuschauer. Stiefvater. Stiefmutter. Ein Loch in der Mauer. Uneheliche Kinder...«

»Tor – hörst du mich?«

Die Stimme des alten Danielsen tauchte auf, sein nüchterner Bericht über einen Jungen, der glaubte, einen Vater gefunden zu haben, eine Art Identität, um sie dann wieder zu verlieren. Stellt sich dann eigentlich Erleichterung ein?

Teil II

1

SEPTEMBER

Staatssekretär Gerrit Moland saß in einer Pizzeria in der Osloer Altstadt und schaute in den hektischen Verkehr hinaus. Er wartete auf einen Mann, der nicht kam. Der Sommer war vorüber, aber noch hing eine gelbe, staubige Hitze wie ein altes Fieber zwischen den Häusern. Er hatte seine Jacke über die Stuhllehne gehängt, vor ihm auf dem Tisch standen Gewürze und eine leere Kaffeetasse, daneben lagen ein unbenutztes Besteck und eine Serviette, die seine Finger zu einer chinesischen Ente gefaltet hatten.

Gerrit Moland brauchte eine Pause in seiner täglichen Arbeit. Er war einer von denen, die ab und zu innehalten und in sich hineinhorchen müssen, um weitermachen zu können.

Im Moment hatte er zwei Probleme. Das eine betraf seine Söhne, die er nun an einem weiteren Wochenende nicht treffen würde, und das mußte er ihnen noch von Angesicht zu Angesicht mitteilen – seine Frau bestand darauf – »Tut mir leid, Jungs, keinen Ausflug ins Wikingland am Samstag. Ich muß nach Schweden und vor der EU die Interessen Norwegens vertreten« – vielleicht konnte er sie für den folgenden Mittwoch oder Samstag buchen, aber die Kinder unternahmen in ihrer Freizeit so viel, daß sie meistens beschäftigter waren als er.

Zweitens hatte Gerrit Moland ein »Identitätsproblem«, wie er das nannte: Seine Karriere hatte ein zu hohes Tempo erreicht, er war für seinen Posten qualifiziert, aber er war nicht der einzige; er hatte das richtige Parteibuch, aber das hatten viele; er hatte im Kommunalministerium »ausgezeichnete Arbeit« geleistet, denn er hatte die strenge Flüchtlings- und Einwanderungspolitik der Regierung so energisch verteidigt, daß es ihn seinen halben Freundeskreis gekostet hatte. Doch auch das war nicht nur ihm passiert. Deshalb begriff er nicht, warum der Justizminister, der ihn nicht einmal kannte, ihn unbedingt zum Staatssekretär hatte haben wollen.

Moland hatte damals geglaubt, sich weiter mit seinen Spezialgebieten befassen zu dürfen, mit Flüchtlings- und Asylpolitik, doch statt dessen wurde er auf inoffizielle Krisenbesprechungen der Polizeiabteilung im Ministerium geschickt, in ein versiegeltes und getünchtes Grab, gefüllt mit schlechter Luft und alten Freunden, die über den Überwachungsdienst sprachen, der im Moment von der Lund-Kommission unter die Lupe genommen wurde und von dem Moland nicht die geringste Ahnung hatte. Ihm sagten weder der Überwachungsdienst noch dessen wütende Kritiker zu; er hielt das Ganze für ein überwundenes Stadium, für das Gestern der Nation Norwegen.

Der Chef der Polizeiabteilung dagegen wußte, wovon er sprach, er war ein kenntnisreicher kalter Krieger und verschwiegen wie ein Grab; Moland mußte sehr viel nicken und großes Interesse zeigen, um das nötige Vertrauen zu erringen. Das war ihm immerhin gelungen, was ihn zum »geschmeidigen Zwischenglied zwischen Beamtenapparat und politischer Führung« hatte werden lassen, wie ihn der Minister bei ihren Gesprächen unter vier Augen nannte. Moland war leicht errötet, denn mit jedem weiteren Tag in dieser rätselhaften Welt von Verdächtigungen, Ungewißheiten und qualifizierten Vermutungen kam er sich immer mehr wie ein Stück Treibholz auf offenem Meer vor.

Jetzt wartete er auf einen Mann, der sein Wissen vergrößern konnte, Thomas Altman, mit dem er früher bei der Wirtschaftskripo zu tun gehabt hatte, doch Altman ließ sich nicht sehen.

Moland bezahlte seinen Kaffee, verließ das Lokal und setzte sich in seinen Wagen. Der Stoßverkehr hatte sich gelegt, auf dem Weg nach Torshov hatte er grüne Welle. Er parkte auf seinem Platz vor dem Durchgang. Drei Jungen kamen auf ihren Fahrrädern auf ihn zu und fragten, ob seine Söhne nicht bald zu Besuch kommen würden.

»Mittwoch«, murmelte er. »Ich sag ihnen, daß ihr sie schon erwartet.«

Seiner Gesundheit zuliebe rannte er die Treppen hoch, steigerte sein Tempo noch auf dem letzten Stück bis zu seiner Mansardenwohnung. Seine Wohnungstür war angelehnt, keins der Sicherheitsschlösser war aufgebrochen worden. Er griff mit der rechten Hand in seine Brusttasche, wo sein Telefon steckte, doch eine Stimme ließ ihn innehalten:

»Komm einfach rein.«

Er schob die Tür mit dem Zeigefinger auf und betrat zögernd seine eigene Wohnung. »Ich bin hier«, hörte er aus dem Wohnzimmer.

Thomas Altman saß in einem Ledersessel. Er trank Martini aus einem Wasserglas. In der Wohnung roch es muffig, und Moland konnte sich des Verdachts nicht erwehren, daß Altmans Gesicht daran schuld sei.

»Waren wir nicht in der Altstadt verabredet?« fragte er verärgert. »Und wie in aller Welt bist du hier hereingekommen?«

Der Polizeiinspektor zuckte mit den Schultern, so, als sei es wirklich ein Kinderspiel, die Sicherheitsroutinen des Ministeriums zu unterlaufen. »Wir können uns nicht in der Öffentlichkeit treffen«, sagte er. »Und ich wollte nicht anrufen.«

»Du meine Güte.«

»Ja. Du hast dir Zeit gelassen, das muß ich sagen.«

»Ich mußte mir einiges ansehen. Und ich kann nicht behaupten, daß mir diese Situation besonders gefiele.« Moland machte eine vielsagende Geste, aber Altman winkte ab. »Hast du etwas zu trinken?«

»Du hast dich doch schon bedient.«

»Ich meine, etwas Richtiges. Mit dieser Plörre möchte man doch nicht einmal einen Kaktus gießen. Es ist etwas passiert.«

Gerrit Moland ließ seine Aktentasche auf den Boden fallen, hängte Mantel und Jacke auf und lockerte seinen Schlips. Er öffnete einen alten tibetanischen Gebetsschrank, den er einst, als die Welt noch in Ordnung war, von seinem Schwiegervater bekommen hatte, schob einen ungeöffneten Napoléon in ein sicheres Versteck hinter den Wodkaflaschen, nahm einen halbvollen Finlandia heraus, schloß den Schrank ab und steckte den Schlüssel in die Tasche. Altman leerte seinen Martini, füllte das Glas mit Wodka, hielt Ausschau nach Soda, fand sich damit ab, daß es keines gab, und trank den Wodka pur. Moland saß auf der anderen Seite des Glastisches auf dem Sofa und wartete auf eine Erklärung. Aus dem Augenwinkel sah er, daß das Lämpchen des Anrufbeantworters blinkte.

»Nichts Wichtiges«, kam der Polizist ihm zuvor. »Deine Frau, dreimal dein Vorzimmer, und irgendeine Schwedin, die einen Termin absprechen wollte. Sie rufen alle noch mal an.«

Moland fragte sich, ob er diese Art von Gemütlichkeit kommentieren solle, aber der Polizist schien sich etwas zu gemütlich zu fühlen, deshalb durchforstete er lieber seine Erinnerung. Dort fand er nichts. Nur seine eigene Unsicherheit.

»Schöne Wohnung hast du«, sagte der Polizist. »Junggesellenwohnung, das sieht man sofort. Wie kannst du dir das leisten?«

»Kann ich ja gar nicht.« Moland schaute sich in seiner eigenen Wohnung um und fragte sich, wie er denn eigentlich wohnte. Diese Wohnung hatte er nach der Scheidung gekauft; sie war einfach eingerichtet, Buchenboden, weiße Wände mit wenigen Bildern, eine Sitzgruppe aus schwarzem Leder, einige Bücherregale aus Stahl und Glas, Topfblumen. Egal, ob das eine Folge von Geldmangel oder von Stilgefühl war, es war vor allem vorübergehend, das war eben derzeit sein Lebensmotto.

»Es geht um diese Lund-Kommission.« Endlich kam der Polizeiinspektor zur Sache. »Du wolltest doch genauer wissen, was die eigentlich macht.«

»So sehr interessiert mich das nun auch wieder nicht. Ich hab mich an dich gewandt, weil ich bei euch im Hause sonst niemanden kenne. Und ich hab dir ja auch gesagt, daß ich mit verwandten Fällen zu tun habe...«

Altman winkte ab, und Moland wußte, warum ihm dieser Mann immer unsympathisch gewesen war. Das lag nicht nur an dem unergründlichen Gesicht, sondern auch daran, daß er greifbar war, und das im unangenehmeren Sinn dieses Wortes; die Wirtschaftskripo bedeutete für ihn nur eine Zwischenstation. Er konnte bei einem Kaffee Stil und Temperament ändern, er sprang von einem Fall zum anderen, baute keine Beziehung zu Kollegen auf, und als er zum POT übergewechselt war, hatten viele aus irgendeinem Grund gemeint, er habe nun seinen Bestimmungsort erreicht, »zusammen mit den anderen Chamäleons«.

»Wie du sicher weißt«, sagte Altman jetzt, »können diese Untersuchungen uns allerlei Probleme machen. Es kommt darauf an, was die Leute bei den... Interviews sagen.«

»Wenn du mir erzählen willst, ihr hättet etwas zu verbergen«, fiel Moland ihm ins Wort, »dann kannst du dir das sparen. Ich wollte mit dir sprechen, weil ich wissen möchte, wie der Dienst organisiert ist, und weil ich Zugang zu...«

Altman stieß einen tiefen Seufzer aus und hob die Hände, Moland ließ sich auf dem Sofa zurücksinken.

»Um ganz offen zu sein«, sagte der Polizist, »so hatten wir und der Nachrichtendienst im Laufe der Jahre etliche ... kreative Individuen in Lohn und Brot. Das war nicht unbedingt ungesetzlich, es war unbedingt notwendig. Aber zwei von ihnen, ja, vor allem einer, sind an die Oberfläche gekommen und machen uns Kopfzerbrechen, um es vorsichtig auszudrücken.«

»Aber was hat das mit mir zu tun?« Gerrit Moland war aufgesprungen.

»Dazu komme ich noch, wenn du mich ausreden läßt.«

»Nein, ich weiß wirklich nicht so recht, ob wir dieses Gespräch fortsetzen sollten. Du siehst doch sicher ein, daß ein ...« Fast hätte er gesagt, »ein Mann in meiner Position«, aber es begnügte sich mit: »daß jemand wie ich sich nicht in diese Ermittlungen einmischen kann. Ich wollte mich über Organisation und Arbeitsroutine des Dienstes informieren, über Finanzen und Etats, und ich würde es sehr zu schätzen wissen, wenn du jetzt verschwändest – jetzt gleich.«

Altman starrte ihn unbeirrt an. »Darf ich jetzt weiterreden?« fragte er nach einigen sehr langen Sekunden, die Gerrit Moland an den ersten Tadel seiner Schulzeit erinnert hatten. Der geduldige Lehrer scherzt mit den Krachschlägern, bis die Grenze erreicht ist, um dann eindeutig klarzustellen, junger Mann, bis hierher, und keinen Zentimeter weiter. Aber er war schon aufgestanden, er wollte und konnte sich in seinem eigenen Wohnzimmer nicht herumkommandieren lassen. Deshalb sagte er, und sogar mit einer gewissen Festigkeit: »Nein, darfst du nicht. Das ist nämlich meine Wohnung, ob du das glaubst oder nicht, also, bitte, geh jetzt!«

Doch der Polizist blieb bewegungslos sitzen und starrte Moland an, kalt wie ein Spiegel. Moland starrte zurück, überzeugt davon, daß er diesem Blick standhalten könnte. Das jedoch schaffte er nur fünf oder sechs Sekunden lang, dann setzte er sich wieder, resignierend, und wartete auf etwas, auf Gnade?

»Das ist schon besser«, murmelte Altman. »Die Sache betrifft dich und das Ministerium aus zwei Gründen. Erstens soll der Dienst weiterbestehen, wenn die Lund-Kommission ihr Untersuchungsergebnis vorgelegt hat, ob du das glaubst oder nicht. Wir können dieses Gespräch also als Teil des Projekts ›das Kind nicht mit dem Bade ausschütten‹ betrachten, denn das liegt doch auch in deinem Interesse?«

Moland mußte einfach nicken. »Zweitens«, sagte der Polizist.

»Moment«, warf der Staatssekretär ein. »Ist dein Chef über dieses ... Gespräch informiert?«

»Natürlich, ich bin doch kein Hasardeur.«

»Dann verstehst du bestimmt, daß ich mich absichern, daß ich weiter oben mitteilen muß, was hier gesagt wird?«

Altman ließ sich in das schwarze Leder zurücksinken, griff nach dem Wodkaglas, leerte es, richtete seinen blanken, brutalen Blick auf Moland und sagte:

»Sagen wir ›ja‹, dann kannst du nachher selber entscheiden, was du tust. Ich werde dir keinerlei Hindernisse in den Weg legen, ist das abgemacht?«

Moland nickte. »Ja«, sagte er und wiederholte das noch einige Male, obwohl er eigentlich »nein« oder am liebsten beides gesagt hätte. Er mußte aufstehen und sich ein Glas holen. Er füllte es zur Hälfte und trank Wodka pur.

»Zweitens«, hörte er hinter sich, »hast du ein persönliches Interesse daran, daß dieser Mann die Klappe hält. Er ist nämlich informiert über deine Kontakte mit diesem antirassistischen Kram, zur OAA oder wie die heißen.«

»Wovon sprichst du?«

Moland wollte sich gerade wieder setzen, erstarrte jedoch mitten in der Bewegung. Er war auf alles vorbereitet gewesen, aber nicht darauf.

»Er ist informiert über deine Rolle im Kommunalministerium«, sagte Altman trocken. »Darüber, daß du der OAA ohne vertretbare Grundlage öffentliche Mittel zugeschanzt hast, und dieses Wissen wird er ebenso ausnutzen wie allerlei andere Informationen, über die er verfügt, falls ihm das sinnvoll erscheint.«

»Warum zum ...«

»Weil vor der Untersuchungskommission sein Name gefallen ist. Also werden sie ihn zum Verhör bestellen. Die Frage ist: Kommt er? Und was sagt er? Kannst du das erraten? Ich glaube nicht, daß die Kommission mit ihm einen Kuhhandel machen wird. Wir haben es trotz allem mit Idealisten zu tun. Nur hilft uns das leider kaum weiter. Wir sitzen nämlich im selben Boot.«

Moland spürte, wie seine Kehle sich zusammenzog. Die bloße Vorstellung von Schlagzeilen, die verkündeten, der Staat habe wissentlich und willentlich – durch Gerrit Molands Wissen und Willen nämlich – einer »unsauberen und halbmafiösen Organisation« Gelder bewilligt, weil Gerrit Moland mit Valid Krahili befreundet war, dem Leiter der Organisation, drohten ihn zu ersticken. Und jetzt fiel ihm auch ein, daß Informationen über das dubiose Vorgehen der OAA zu Protokoll genommen und auch bei einer Besprechung dem Minister gegenüber erwähnt worden waren.

»Das sind doch nur böswillige Gerüchte«, murmelte er kleinlaut. »Ausgestreut von ...«

»Laß den Blödsinn. Die Frage ist, ob die Wirtschaftskripo deine Notiz findet. Wenn ja, dann siehst du alt aus. Wenn nein, wird es zwar auch einen Skandal geben, aber selbst in der Politik besteht ein Unterschied zwischen Vorsatz und gutem Glauben. Aber du verstehst sicher, daß für das Ministerium das Gegenteil gilt?«

»Wie meinst du das?«

»Daß es in deinem Interesse ist, wenn die Notiz nicht gefunden wird. Während es beim Ministerium genau umgekehrt ist, denn dann können sie dich zum Sündenbock machen und alles den idiotischen Bocksprüngen eines einzelnen zuschreiben.«

»Himmel, und das alles weiß dieses, wie hast du noch gesagt, dieses ›kreative Individuum‹?«

»Ja.«

»Aber woher...«

Altman verdrehte die Augen. »Er ist übrigens nicht bei uns. Niemand weiß, wo er steckt, er arbeitet auf eigene Kappe. Das ist ja gerade das Problem. Ein Mann ohne Loyalität, ohne Führung, ohne... Identität.«

Er stand auf und schaute durch das Erkerfenster über Torshovdalen und die Stadt, die gerade in einem warmen Grab versank. Gerrit Moland betrachtete seinen Rücken und empfand das verzweifelte Verlangen, diesen Mann nicht mehr sehen zu müssen.

»Na gut«, rief er und stand ebenfalls auf. »Was soll ich tun?«

»Mir dabei helfen, festzustellen, was der Mann vorhat.«

Für Moland hörte sich das reichlich sinnlos an, und deshalb lachte er zweimal probeweise. »Ja«, sagte er aber trotzdem. »Und wie machen wir das?«

»Wir nehmen Kontakt zu ihm auf. Du sprichst mit ihm, legst gewissermaßen den Kopf aufs Schafott, und fragst, ob er dir aus einer Klemme helfen kann – es ist nämlich nicht das erste Mal, daß eine solche Bitte an ihn gerichtet wird. Seine Reaktion wird uns dann einen Fingerzeig auf seinen Zustand geben, wird uns verraten, ob wir ihn zum Schlachten treiben können, gewissermaßen, du kennst ihn nämlich.«

Altman zog ein Foto aus der Jackentasche und legte es auf den Tisch. Gerrit Moland starrte einen Mann in den Vierzigern an, mit dunklen, nach hinten gekämmten Haaren, markanten, aber nicht weiter auffälligen Zügen, großen Augen, schmaler Nase, gutem Aussehen. Hemdkragen, Schlips und Jacke konnten andeuten, daß das Foto zehn oder vielleicht auch fünfzehn Jahre alt war. »Ein anderes haben wir nicht.«

»Ich habe ihn noch nie gesehen.« Moland schien erleichtert zu sein.

»Doch«, sagte Altman. »Vor Gericht, als Richter und als Staatsanwalt, aber du konntest ihm nichts nachweisen. Er ist dein schlechtes Gewissen, Moland, deine erste bittere Niederlage. Vielleicht kannst du ihm das jetzt heimzahlen, mit Zinsen.«

Altman grinste, und Moland schauderte es. Er starrte noch immer das Foto an. »Ich kann mich natürlich an die ersten verlorenen Fälle erinnern«, murmelte er. »Zwei Konkurse, eine Unterschlagung, auch damals, vor zehn Jahren, ging es wohl um viel Geld.«

»Vor elf und zwölfeinhalb.«

»Aber ich erkenne ihn nicht wirklich wieder.«

»Behalt das Foto, und präg es dir ein. Damals ist er unter dem Namen Johnsen aufgetreten, aber den kannst du vergessen. Wir nennen ihn Ismael, er ist legendär...«

Der Polizist machte eine verächtliche Geste. »Was eigentlich nur bedeutet, daß er immer gerufen wird, wenn wir eine Erklärung, ein Wunder oder einen Sündenbock brauchen: Wir machen doch alle gern andere für unsere Unwissenheit verantwortlich, nicht wahr?«

Moland blickte ihn verständnislos an und starrte dann wieder auf das Bild. »Aber er wird mir doch nicht glauben?«

»O doch, es sind schon seltsamere Bitten an ihn gerichtet worden. Und du arbeitest doch viel mit diesem Sunde von der Polizeiabteilung zusammen. Nenn diesen Namen, das hilft.«

»Ich soll sagen, daß Sunde dahintersteckt?«

»Du kannst es durchscheinen lassen.«

»Aber warum sollte die Polizeiabteilung des Justizministeriums einen Patzer im Kommunalministerium decken?«

»Sie wollen dich decken – und den Justizminister. Er und Sunde sind befreundet, auch privat.«

»Ja, ja, das weiß ich auch, aber...«

Er trat von einem Fuß auf den anderen. »Aber können wir nicht morgen weiterreden? Oder an einem anderen Tag?«

Altman musterte ihn forschend. »Was ist los mit dir?«

»Nichts.«

»Hast du ihn erkannt?«

»Nein, das hab ich doch schon gesagt.«

»Du bist nicht kurz davor, den Verstand zu verlieren?«

»Überhaupt nicht. Laß mich nur in Ruhe nachdenken, dann...«

Der Polizist leerte sein Glas und stellte es mit kaltem Knall auf den Glastisch. Dann steckte er die Hände in die Taschen und schien schon gehen zu wollen, drehte sich aber noch einmal zu seinem widerwilligen Gastgeber um: »Aber komm bloß nicht auf geniale Ideen, bitte!«

»Nein.«

»Denn besonders clever bist du nicht, oder?«

»Vermutlich nicht.«

Der Gast kehrte ihm den Rücken zu, ging auf den Flur, schaute noch einmal zurück und war dann verschwunden. Moland schlug die Tür zu, schloß alle drei Schlösser ab und rang um Atem, lief dann zurück ins Wohnzimmer leerte den restlichen Wodka, öffnete ein Fenster und wollte den Anrufbeantworter abhören. Aber er registrierte erst etwas von den Mitteilungen, als die Sekretärin seines schwedischen Kollegen ihn mit schneidender Stimme an den samstäglichen Termin in Stockholm erinnerte. Einen Moment war er verwirrt. Die Stadt lag vor ihm, milder, heller Himmel... Er packte seine Trainingstasche, lief zum Studio im Sandakervei und stemmte Eisen, bis der Wodka wieder nach oben kam. Aber erst nach zweimal zehn Minuten in der Sauna hatte er seine Denkfähigkeit so einigermaßen wiedergewonnen.

Warum in aller Welt sollte ein Agent seine, Gerrit Molands, dienstlichen Fehltritte verraten wollen? Um im politischen System ein Erdbeben auszulösen, als Rache dafür, daß die Lund-Kommission mit solchem Ehrgeiz aussterbende Helden verfolgte? Und wäre Altman imstande – und würde er es überhaupt wollen –, den Patzer im Kommunalministerium zu vertuschen, wenn Moland das Verlangte tat? Er wäre auf jeden Fall ein ziemliches Risiko, und die Vorstellung, in alle Zukunft diesen entstellten Polizeiinspektor am Hals zu haben, zum Beispiel, wenn der POT neu organisiert würde, war der pure Alptraum ... ja, natürlich, da haben wir's! Altman will Mann des neuen Dienstes werden, am besten Chef, und das mit Segen des Ministeriums.

Gerrit Moland verließ das Studio und lief nach Hause, schaltete in allen Zimmern das Licht an, betrachtete noch einmal das seltsame Foto. Es glänzte stark, schien auf ein dickes Stück Pappe aufgeklebt und danach zusammengerollt worden zu sein; es sah aus wie die Kopie einer Kopie. Doch nicht fototechnische Gründe ließen den Mann unbestimmbar aussehen, unkenntlich, ohne Alter und Identität. Er war auf seine Weise ebenso verwirrend und undefinierbar wie Altman hinter seiner zerstörten Maske.

Gerrit Moland starrte sein eigenes Spiegelbild im schwarzen Wohnzimmerfenster an, und erst jetzt ging ihm auf, daß er sich einer Erklärung für sein Identitätsproblem näherte, dieser unerklärlichen Versetzung vom Kommunal- ins Justizministerium: man brauchte ein kompromittiertes – und damit dienstbeflissenes – Mitglied der politischen Spitzenschicht, um den Dienst durch die gefährlichen Strudel der Kommission zu lotsen. Aber das bedeutete, daß seine Vorgesetzten im Bilde waren, der Justizminister mit seiner kaum verhohlenen Verachtung für diesen »geschichtslosen und opportunistischen Einfall«, wie er die Kommission nannte. Und vom Justizminister führte ein gerader Weg zum Verteidigungsminister. Die beiden waren langjährige Busenfreunde mit überraschend übereinstimmenden Ansichten über alles von Schnaps über Frauen bis zur Sicherheitspolitik. Und was war mit dem Regierungschef selber, dachte Moland im selben Atemzug, war der auch in diesen Wahnsinn verwickelt?

Dem Staatssekretär wurde schwindlig. Was, wenn er seine Drohung wahrmachte und Meldung erstattete, eben beim Justizminister, und zwar sofort, wenn er ihn über die Geldbewilligungen und Altmans irrwitziges Vorhaben informierte? Dann würde der Polizist seine Operationen natürlich einstellen müssen ... oder eben gerade nicht, wenn auch der Minister betroffen war? Und falls der nicht betroffen wäre, ja, dann hätte Moland den Patzer im Kommunalministerium ganz umsonst verraten.

Er trat vor die Bilder seiner beiden Söhne, sechs und neun Jahre alt, zwei lächelnde kleine Jungen mit Rollerblades und Baseballmützen, und sagte sich, daß er allein war und nur eine Karte in der Hand hatte, nämlich, den unbegreiflichen Anweisungen eines verrückten Polizeiinspektors zu folgen, sich ins absolut Ungewisse zu begeben und Stoßgebete zu sprechen, daß unterwegs ein Notausgang auftauchen möge.

Er schlief angezogen ein. Aber als er am nächsten Morgen aufwachte, war er zu seiner Überraschung in einer ganz anderen Stimmung, einer tollkühnen Stimmung; seine Sorgen waren wie weggewischt. Der Morgen graute: Natürlich hatte der Justizminister nichts mit der Sache zu tun. Der verfolgte Polizist versuchte auf eigene Faust, ihn, Staatssekretär Gerrit Moland, einen kompromittierten Politiker, als sein Sprachrohr im obersten Stock des Ministeriums zu benutzen. Natürlich. Anders kann es doch gar nicht sein! Ein verzweifelter Dienst, der sich mit allen Mitteln an die Reste seiner unsauberen Vergangenheit klammert, darum geht es hier!

Doch was ihm im Laufe des Vormittags wesentlich mehr Gedanken machte als dieser ganze Agentenunfug, war, daß er über den hektischen Ereignissen des letzten Tages seine neue Flamme nicht mit einem einzigen Gedanken bedacht hatte, daß sie ihm keine Sekunde lang als potentielle Hilfe erschienen war, nicht einmal als simple Gesprächspartnerin. Was bedeutete das? Vor allem überraschte es ihn, daß er jetzt eine gewaltige sexuelle Erregung verspürte, grenzenloses Begehren, die Lust, sie dafür zu bestrafen, daß sie in seinem Leben fehlte, wenn er sie brauchte, sie auf ihren Platz zu stoßen und ihre schöne, dumme Fassade gewissermaßen in Fetzen zu vögeln.

2

Der lehmige Weg wand sich vor dem Wagen wie eine Schlange. Gerrit Moland konnte den Fuß nicht vom Gaspedal nehmen. Die Maske hält noch, sagte er, der Verstand auch, aber nur mit Mühe und Not konnte er auf seinem Telefon eine Nummer wählen.

»Ich bin in fünf Minuten da«, sagte er kurz. »Vielleicht zehn.«

Die Bäume hatten schon ihre Blätter verloren. Der Tannenwald zog sich zu einem Trichter zusammen. Er öffnete ein Fenster und hob die Arme, der Schweiß verwehte. Erst als die Bretterstapel auf die Sägemühle vor der kleinen Ortschaft auftauchten, kam er zur Ruhe. Er fuhr hinter die Tankstelle, parkte, reichte die Schlüssel durch einen Schalter und bezahlte in bar. Altmans Saab stand mit laufendem Motor ein Stück entfernt. Der Polizist aß ein Eis.

»Herrgott«, keuchte Moland, als er sich zu ihm setzte. »So was habe ich noch nie erlebt. Der Mann ist ja lebensgefährlich.«

»Das hab ich doch gesagt.«

Altman warf den Eisstiel aus dem Fenster, schaute kurz in den Spiegel und fuhr los.

»Wie kannst du so kalt bleiben«, sagte Moland. »Wo du doch über eine Stunde lang mit ihm zusammen in einem Zugabteil gesessen hast?«

»Ich hatte ein Butterbrotpaket ...«

»Was hattest du?«

Der Polizist bog in die Hauptstraße ab, passierte die Sägemühle und hielt in südlicher Richtung auf die Hauptstadt zu.

»In solchen Situationen mußt du dich an irgendwas festhalten können«, sagte er. »Ich hatte ein Proviantpaket und war total satt, aber ich hatte eine Beschäftigung. Unsere Begegnung am Fluß war schlimmer, da mußte ich improvisieren. Er hatte das Auto schon gesehen, ehe ich verschwinden konnte.«

»Und warum hast du mir nichts zum Festhalten gegeben?«

»Weil du genauso verzweifelt aussehen solltest, wie du wahrscheinlich bist. Wo ist deine Jacke?«

»Was?«

»Wo ist deine Jacke?«

»Du merkst aber auch alles.«

»Ja?«

»Was ja?«

»Wo ist also deine Jacke?«

»Die hab ich ihm gegeben.«

Altman sah ihn an. Der Staatssekretär machte eine vage Handbewegung. »Ja, ich hab ihm meine Jacke gegeben. Das ist schwachsinnig, das weiß ich, aber er wollte sie haben, und ich hab sie ihm gegeben, so ist das.«

Der Polizist fuhr an den Straßenrand, hielt im Kiesstreifen, sah ihn an. »Er wollte deine Jacke haben? Und du hast sie ihm gegeben?«

»Ich habe ihm meine Jacke gegeben – ja! *Wie oft soll ich das noch sagen?*«

»So einen Blödsinn hab ich noch nie gehört.« Er lachte. »War die nicht verdammt teuer?«

»Doch.«

»Du meine Güte.« Er lachte noch lauter. »Er hat dir, einem Staatssekretär im Justizministerium, einfach die Jacke weggenommen und behalten, eine Jacke um mehrere tausend Kronen?«

Moland schwieg. Er lauschte den Heiterkeitsausbrüchen des Polizisten, der doch irgendwann ein Ende finden mußte, dann konnte er eine Frage anbringen: »Was hat er damit wohl vor?«

»Was glaubst du?«

»Ich hab keine Ahnung. Will sie als Beweis nutzen, vielleicht. Sicher weist sie Spuren auf, die sich mit mir in Verbindung bringen lassen, Haare, Hautpartikel...«

»Oder Schuppen!«

Altman prustete wieder los, nicht so herzlich wie vorher allerdings. Endlich faßte er sich wieder und fuhr weiter. Mit ernster Betonung jeder Silbe sagte er:

»Er hat gar nichts mit der Jacke vor. Er wollte sie dir abnehmen, Punkt eins, um festzustellen, ob du Dreck am Stecken hast oder nicht, wovon du ihn natürlich damit überzeugt hast, denn wer gibt schon mit gutem Gewissen eine Jacke zu mehreren tausend Kronen her? Und, Punkt zwei, um festzustellen, ob du ein Profi bist. Und wenn ich dich jetzt ansehe, dann weiß ich wirklich nicht so recht, ob er auf die zweite Frage eine ebenso klare Antwort bekommen hat.«

»Wie meinst du das?«

»Ich spreche von Interferenz, davon hast du in der Schule im Physikunterricht gehört. Er wollte feststellen, ob diese Sache im Ministerium oder etwas anderes dir angst macht, er wollte die Angstquelle ermitteln, wie wir sagen.«

»Ach, und zu welchem Ergebnis ist er gekommen?«

»Was glaubst du?«

Moland dachte nach. »Ich hatte natürlich Angst, aber als ich mit ihm über den Fall gesprochen habe, habe ich vor allem daran gedacht.«

»Gut. Und Punkt drei: Er führt uns an der Nase herum, um Selbstsicherheit zu signalisieren, will zeigen, daß er sich sicher fühlt. Und warum versucht ein Mann zu signalisieren, daß er sich sicher fühlt?«

»Um sich zum Herrn der Lage zu machen?«

»Ja, aber es bedeutet im Grunde, daß er nicht genau weiß, ob jemand hinter ihm her ist, daß er das wissen will.«

»Er kann doch auch bluffen?«

»Das glaube ich nicht. Der Kalte Krieg ist niemals heiß geworden, weil keine der Parteien über ihr eigentliches Ziel bluffte, den Frieden.«

Moland starrte lange das unergründliche Profil des Polizeiinspektors an. Wenn er das Risiko eingegangen wäre, in dessen Gesicht zu lesen, dann hätte er vielleicht Erleichterung darin gelesen, oder auch Verwunderung.

»Dann brauchen wir also keine Angst zu haben?« fragte er hoffnungsvoll. Aber Altman schwieg.

»Apropos Kalter Krieg«, sagte er dann endlich. »Er ist einmal auf die Idee verfallen, für die Nutten in Stettin und Danzig Kondome einzuschmuggeln und die dann zu Schwarzmarktpreisen zu verkaufen.«

Moland wollte fragen, ob diese Idee so dumm gewesen sei, und das tat er dann auch. »War diese Idee so dumm?«

»Die Mädchen wollten doch einen dicken Bauch kriegen und nach Schweden mitgenommen werden. Deshalb gründete er dann auch dieses Ehevermittlungsinstitut und setzte in Malmö einen Strohmann ein. Ich glaube, das Büro existiert noch heute.«

Altman lächelte. »Nach der Wende hat er Ikonen geschmuggelt, nicht aus Rußland heraus, sondern nach Rußland hinein, und die hat er für Schweinesummen an neureiche Trottel verkauft, die alte Kulturschätze an der Wand haben wollten. Du wirst doch zugeben, daß so ein Mann nicht auch noch belohnt werden muß.«

Moland legte den Kopf an die Nackenstütze und schloß die Augen. »Das kann doch nicht wahr sein«, murmelte er. »Vor zwei Wochen saß ich in einer Pizzeria und wollte das nächste Treffen mit meinen Söhnen planen. Und jetzt plane ich einen Mord.«

»Mord? Wer redet hier von Mord?«

»Was machen wir denn sonst? So einen Mann kann man doch nicht verhaften! Dann fliegt doch alles auf, was du geheimhalten wolltest?«

Der Polizist schwieg.

»Das ist nicht Norwegen«, sagte der Staatssekretär. »Verdammt, das ist ja noch nicht mal Algerien!«

»Algerien? Wie meinst du das?«

»Ach, einfach so.«

»Du mußt doch irgend etwas meinen!«

»Hör schon auf...«

»Nein, ich achte auf Details, in ihnen steckt die Wahrheit. Überleg doch mal, warum dir Algerien eingefallen ist, und nicht Nordirland, Sizilien oder irgendein anderes Scheißland, dann weißt du, was ich meine.«

Moland hatte sich schon in eine lange Assoziationskette verloren, als ihm aufging, daß er in eine Nebelwelt geschickt worden war, von dem Polizisten, der seine Absichten nicht verraten wollte. Er wollte seine Frage schon wiederholen, doch Altman kam ihm zuvor. »Na«, fragte er. »War er es?«

»Wer denn?«

»Ismael, war er es?«

»Ich glaube schon.«

»Du glaubst!« Der Polizist ließ das Gaspedal los. »Ich will wissen, ob er es war!«

Moland schüttelte den Kopf. »Was ist hier eigentlich los?« rief er zur Windschutzscheibe hin. »Natürlich war er es.« Er ließ sich wieder zurücksinken. »Glaube ich.«

»Du hast es schon wieder gesagt, du glaubst es nur. Ist er dir vor Gericht begegnet oder nicht? Diese einfache Frage wirst du doch wohl noch beantworten können?«

Moland begriff nun endlich. »Deshalb wolltest du unbedingt mich!« rief er. »Weil du nicht weißt, wie er aussieht! Du hast über eine Stunde mit ihm im Zug gesessen, ohne zu wissen, daß er es war – Proviantpaket! Daß ich nicht lache! Du hast mit einem blöden Bauern zusammengesessen, einem schnöden Schläger vom Lande.«

Er lachte hysterisch, war dann aber gleich wieder ernst. »Und er hatte keine Ahnung von der OAA-Sache. Aber ich hab ihm alles erzählt. Himmel, was für eine Scheiße, ich hab ihm meine Jacke und den Schlüssel zu meinem politischen Tod gegeben, einem gewissenlosen ...«

Neuer Ausbruch: »Wenn er es denn war! Es ist nicht zu fassen. Es ist einfach nicht zu fassen. Ha!«

Altman wartete geduldig, bis er sich beruhigt hatte. »Wir wollen jetzt die losen Fäden zusammenbringen«, sagte er. »Nach der Zugfahrt und der Begegnung am Fluß war ich mir zu neunzig Prozent sicher. Jetzt zu ungefähr hundert. Kein anderer hätte dir die Jacke abnehmen können.«

»Natürlich hätte ich sie jedem gegeben, in meinem Zustand ...«

Altman sagte: »Und er wollte mit der Jacken-Nummer nicht nur etwas in Erfahrung bringen, sondern auch etwas mitteilen. Er wollte sagen: ›Ich bin's‹ und zugleich fragen: ›Wie intelligent seid ihr, die ihr mich möglicherweise sucht? Seid ihr groß oder klein?‹ Das will er wissen.«

Er schlug wütend dreimal mit dem Zeigefinger auf das Lenkrad und wiederholte seine Frage. »Seid ihr groß oder klein? Seid ihr groß oder klein?«

Moland kicherte wieder los.

»Hast du den Verstand verloren?«

»Er ist es, das weiß ich.«

»Aber er hat sich doch verraten?«

Moland hob die Stimme. »Denn wenn du recht hast, dann wollte er erkannt werden, von möglicherweise Großen, wie du das nennst, wollte sich aber nicht von Kleinen entlarven lassen, was bedeutet, daß er sich sicher fühlt.«

Altman musterte ihn interessiert: »Was bedeutet, daß er in

aller Ruhe auf unseren nächsten Zug warten wird, daß jetzt also wir am Drücker sind.«

»Nein«, protestierte der Staatssekretär. »Das bedeutet, daß wir nicht wissen, wer er ist. Das bedeutet, daß wir nur unsere idiotischen Vermutungen haben. Kapierst du das denn nicht?«

Der Polizist blieb unbeweglich sitzen. Moland rief: »Der Mann auf dem Bild, das du mir gegeben hast, hatte doch gar keine Ähnlichkeit mit dem Mann am Fluß. Ich hab mich wirklich mehrmals gefragt, ob ich an der falschen Adresse gelandet sein könnte.«

»Ein Foto kann leicht täuschen. Und du hattest eine Heidenangst. Irgend etwas hat dir gesagt, daß dieser Mann gefährlich ist.«

»Ja – du!«

»O nein! Er hat es selber gesagt, durch sein ganzes Auftreten.«

»Du willst unbedingt, daß er es ist, oder?«

»Weil er es sein kann. Und jetzt hör auf, mich zu verwirren!«

Moland sah auf. »Himmel«, sagte er. »Das sind ja ganz neue Töne.«

»Sag, was du willst, wir können einfach nicht davon ausgehen, daß er es nicht ist. Das ist zu riskant.«

»Was für ein Unsinn! Und was hat er eigentlich angestellt, das es so unmöglich macht, einfach zu ihm zu gehen und ihn zu bitten, die Klappe zu halten? Oder sollte ich vielleicht lieber fragen, was du, oder was ihr, auf dem Kerbholz habt, womit er euch drohen kann?«

»Er droht nicht. Er ist eine Bedrohung an sich.«

»Aha, und die Antwort auf meine Frage?«

Der Polizist dachte nach. »Ich kann nicht darüber sprechen, was er getan haben kann. Aber wir – Nachrichtendienst und POT – haben ihn benutzt, und deshalb mußten wir ihn auch beschützen, einen Mann, den keine Behörde mit Selbstachtung mit der Kneifzange anrühren würde, nicht einmal in einem kalten Krieg. Aber so war es nun einmal, einerseits, weil er gut war, zeitweise sogar unentbehrlich, andererseits, weil er sich auch dann unentbehrlich machen konnte, wenn er das gar nicht war, und weil er sich immer wieder dadurch Rückendeckung verschaffte, daß er über alle etwas wußte.«

»Auch über dich?«

»Nein, mich kennt er nicht. Deshalb kann ich auch diesen Job machen.«

Moland blickte ihn interessiert an. »Du bewunderst ihn, nicht wahr?«

»Was für ein Unsinn.«

»Du möchtest ihm ebenbürtig sein.«

»Quatsch!«

»Oder ihm überlegen. Deine Bewunderung wird ganz deutlich, wenn du seinen Namen nennst. Ich nehme an, daß dieser Ismael schon dein Ideal war, ehe du zum Dienst gekommen bist, das Genie, das alles austrickst, das ein ödes Dasein in Bunkern und Abhörstationen mit spannenden Anekdoten belebt. Aber du kannst dich nicht damit zufriedengeben, daß er nur ein Phantasieprodukt ist oder ein verdammter Mythos! Du willst ihn einfach mal wieder zum Leben erwecken, dieses alte Gespenst.«

»Du hast zu viele Wildwestgeschichten gelesen.«

»Und wenn ja, dann hilft mir das jetzt weiter. Woher hattest du übrigens das Bild, das du mir gezeigt hast?«

»Das ist unwichtig.«

»Ja, vielleicht.«

»Für dich auf jeden Fall.«

Moland sah den Tannenwald zurückweichen und Platz machen für breite Felder und majestätisch gelbe Äcker zwischen schwarzen und weißen Bodenflächen. Die Sonne schickte kühne Strahlen durch die hohen Wolken. Kiebitze hüpften in den feuchten Furchen hin und her. Das reinste Idyll, Ruhe, Frieden.

»Und was machen wir jetzt?« fragte Moland.

»Wie gesagt, er glaubt, jetzt Herr der Lage zu sein. Er will dir nicht helfen, nehme ich an?«

»Nein.«

»Das bedeutet, daß er nichts unternehmen wird.«

»Vor allem dann nicht, wenn er nur ein Bauerntrottel ist.«

»Hör auf damit. Wenn das hier nicht Ismael ist, dann ist er anderswo.«

Moland kicherte hysterisch. Wenn das nicht Liebe ist, dann ist sie anderswo, dachte er und fragte sich in einem Moment der Euphorie, ob er ohne diese blödsinnige Geschichte auch festgestellt hätte, daß er sich schon wieder die falsche Frau gesucht hatte.

»Weißt du, was mir auf die Nerven geht?« Altman riß ihn aus seinen Gedanken, indem er heftig aufs Lenkrad schlug.

»Nein.«

»Daß du vielleicht recht hast. Daß das alles durchaus ein Irrtum sein kann.«

Moland starrte ihn ungläubig an.

3

Markus Danielsen stand in Pantoffeln in der Tür und schaute besorgt in das Schneetreiben. In seinem Arbeitszimmer klingelte das Telefon. Er ließ es klingeln. Mit der linken Hand zog er sich am Geländer entlang, um Thermometer und Thermostat im kleinen Gewächshaus zu überprüfen, das er hinter dem Haus gebaut hatte. Soviel er sehen konnte, gab es dort noch immer eine Art Leben. Er nickte nüchtern, spürte feuchte Kälte durch seine Pantoffeln dringen und trottete den langen Weg zurück. Als er die Tür öffnete, klingelte das Telefon schon wieder. Er schüttelte sich, ging hinein und schaute aus alter Gewohnheit auf die Uhr, ehe er den Hörer abnahm.

»Vorzimmer des Justizministers«, sagte eine klare Frauenstimme. »Spreche ich mit Markus Danielsen?«

»Ja, ja ... am Apparat.«

»Einen Moment, dann stelle ich zum Justizminister durch.«

Wieder sah er auf die Uhr. Die Stimme des Justizministers schrillte an seinem Ohr wie ein Eselsschrei. Die beiden waren sich bisher zweimal begegnet. Einmal bei einem Botschaftsessen, damals hatten sie eine Wette über das Angeln von Forellen abgeschlossen, der Minister hatte gewonnen. Und einmal auf einem privaten Fest. Danielsen mochte den Justizminister nicht sehr. Moral und Stil entscheiden darüber, wie weit ein Minister zu gehen bereit ist, um sein Haus zu decken. Und dieser würde nicht weiter gehen als bis zu seiner eigenen Nasenspitze, das war sein Eindruck, der Eindruck eines Obersten, der in einem langen Leben an einer zerfaserten Front gelernt hatte, daß man sich im Sturm auf die Beamten eines Hauses verlassen kann, nicht aber auf die Politiker, daß Ordnung, Stabilität und – er hätte fast Mäßigung gedacht, aber er meinte wohl Loyalität durch die Beamten vertreten werden.

»Guten Tag«, sagte sein Anrufer. »Wie geht's denn so?«

»Danke. Wie es so geht.«

»Ja, genau. Also ... hören Sie. Ich habe hier einen jungen Mann, der sich wegen diesen Untersuchungen über den Nachrichtendienst informiert, einen netten jungen Mann, und Sie sind doch der einzige, the grand old man gewissermaßen ...«

»Ach was.«

»Wären Sie wohl bereit, ihn ein wenig ins Bild zu setzen, damit er keine Umwege machen muß?«

Danielsen dachte daran, wie beruhigend solche Umwege sind, vor allem für nette junge Männer, sagte aber nichts.

»Wer ist es?«

»Mein Staatssekretär, Moland.«

»Ja, ja, den kenne ich aus der Presse. Schicken Sie ihn her. Ich werde sehen, was ich tun kann.«

»Und wann paßt es Ihnen?«

»Von mir aus sofort.«

Er hörte ein Klicken und eine so tote Stille, wie sie nur ein totes Telefon zustande bringt. Er schaute wieder auf die Uhr, vier Sekunden.

»Ja, das ist sehr schön«, sagte der Minister. »Vielen Dank.«

Danielsen legte auf, nahm einen Zettel vom Schreibtisch, setzte die Brille auf, wanderte an seinem Bücherregal entlang, zog ein russisches Wörterbuch, Puschkins Eugen Onegin und eine Essaysammlung von Joseph Brodsky heraus. Dann ging er mit den Büchern nach oben. Seine Frau schlief. Er legte die Bücher auf den Nachttisch und setzte sich in den Sessel vor dem Fenster. Er fragte sich, ob sie wohl noch einmal aufstehen würde; das machte er immer, wenn er sie so unbeschreiblich friedlich schlafen sah. Die Ärzte hatten durchaus noch Hoffnung. Sie selber hatte durchaus noch Hoffnung, und sie arbeitete noch immer an ihrer Dissertation, die sie damals nicht vollendet hatte, wegen des Kalten Krieges, der Sicherheit des Landes, wegen anderer Umstände, seinetwegen zum Beispiel und wegen der Kinder.

»Woran denkst du?« fragte sie mit geschlossenen Augen.

»Daran, daß du im Bett liegst und mich überwachst.«

»Das habe ich immer schon gemacht, und du hast es nie gemerkt. Macht... Tor dir solche Sorgen?«

»Nein, eher wir. Ich erinnere mich wieder an alles, seit er hier gewesen ist. Deutschland, die Kinder, alles, was jetzt auf den Kopf gestellt wird, der Kalte Krieg.«

Sie drehte sich auf den Rücken. »Was hat er eigentlich in all diesen Jahren gemacht?«

»Zuletzt hat er meines Wissens in Wiesbaden gearbeitet, an einem Programm für Zeugenschutz. Er sollte kooperationsbereiten Mafia-Aussteigern zu einer neuen Identität und einem neuen Leben verhelfen, in Deutschland.«

»Das sähe ihm ähnlich, ja. Läßt sich damit Geld verdienen?«

»Keine Ahnung. Ist nur so ein Gerücht.«

Sie hatte die Augen geöffnet und blickte an ihm vorbei, auf den Pflaumenbaum, wo der Schnee sich mühselig auf den schwarzen Zweigen auftürmte. »Glaubst du, er ist uns noch böse?« fragte sie.

»Das kann ich mir nicht vorstellen.«

»Obwohl wir nichts für Elisabeth tun konnten?«

»Nein, er ist vielleicht verrückt, aber nicht unvernünftig. Mir kam er eigentlich ruhiger und ausgeglichener vor denn je.«

»Eine neue Frau?«

»Dieser Gedanke ist mir auch schon gekommen. Aber das wäre doch wirklich ein kleines Wunder.«

Die Türklingel ging. »Ich bekomme Besuch«, sagte er und erhob sich schwerfällig. »Das kann eine Stunde dauern. Hast du, was du brauchst?«

Sie nickte, nahm ihre Brille und schlug Puschkin auf, während Markus Danielsen die Treppe hinunterging und die Tür öffnete. Staatssekretär Gerrit Moland musterte ihn mit ernster Miene. Er trug einen langen, dunklen Mantel mit hochgeschlagenem Kragen.

»Tut mir leid, daß ich einfach so bei Ihnen hereinplatze«, sagte er.

»Keine Ursache – treten Sie ein, es ist kalt.«

Danielsen betrachtete ihn, als er den Mantel aufhängte, und fand ihn einen jungen Mann seiner Zeit, gut in Form, elegant gekleidet und gut vorbereitet auf... ja, worauf eigentlich? Er wirkte ziellos, ruhelos, schien eher über Triebkräfte zu verfügen als über Ziele. Er führte ihn ins Wohnzimmer und zeigte aufs Sofa.

»Nein, danke, ich bleibe lieber stehen.«

»Wie Sie wollen. Ich setze mich jedenfalls. Womit kann ich Ihnen behilflich sein?«

»Ich weiß es nicht.«

»Ach.«

Der Staatssekretär kehrte ihm den Rücken. Er starrte in den zugewachsenen Vorgarten hinaus, auf den langsam rieselnden Schnee, und seine Kiefermuskeln arbeiteten verbissen. »Wie Sie sehen«, sagte der Alte nach einer guten Minute, »stehen neben Ihnen auf dem Tisch zwei Tassen und eine Kanne. Bitte, bringen Sie die her.«

»Ja, ja, natürlich.«

Moland stellte das Tablett auf dem Couchtisch ab und ließ sich aufs Sofa fallen. Sein Gastgeber füllte die Tassen. »Sie wollen also gar nichts über den Nachrichtendienst wissen?« fragte er gleichgültig.

»Äh ... nein, im Grunde nicht so recht, aber ...« Der Staatssekretär trommelte unschlüssig auf dem Tisch herum. »Ich weiß nicht so recht, wo ich anfangen soll.«

»Machen Sie einfach den Mund auf, dann kommt schon etwas.«

»Himmel, Sie machen Witze? Nehmt ihr euch denn gar nichts zu Herzen?«

Er sprang wieder auf.

»Doch, sehr viel«, sagte der Alte. »Ich bin ganz Ohr.«

»Thomas Altman«, platzte der Staatssekretär heraus, und er setzte sich wieder, doch das führte nur zu einer weiteren Pause und knisterndem Schweigen, während Danielsen geduldig seinen Kaffee umrührte.

»Und was ist mit diesem Thomas Altman?« fragte er schließlich.

»Das ist eine ziemlich wahnwitzige Geschichte. Er hat sich in den Kopf gesetzt, daß im Nachrichtendienst eine undetonierte Bombe liegt, die er ... wie sagt man?«

»Zünden will?«

»Nein, aber das wird wohl passieren, o verdammt.«

»Entschärfen?«

»Ja. Kennen Sie diesen Altman?«

»Nein.«

»Er ist verrückt.«

»Nicht übertreiben.«

»Total knatschverrückt. Er kann ... seine Persönlichkeit verändern, im einen Moment ist er ein intelligenter und normaler Mensch, mit dem sich reden läßt, im nächsten ist er ...«

»Das kann allen passieren. Aber ehe Sie weitersprechen, möchte ich wissen, wer mich empfohlen hat. Sie wissen doch, ich bin nicht mehr dabei, aber ...« Er lächelte. »Aber man will ja doch wissen, in welchem Ruf man steht.«

»Fred Bjerke in der Justizabteilung«, sagte Moland. »Ich habe einige Monate lang eng mit ihm zusammengearbeitet, und dabei habe ich erwähnt, daß ich in Verbindung mit der Lund-Kommission Rat brauche ...«

»Und Bjerke hat mich empfohlen?«

»Ja.«

»Aber Sie haben den Minister bei mir anrufen lassen?«

»Ja.«

»Mit derselben Begründung?«

»Mm.«

»Und die beiden sind über Ihr eigentliches Anliegen nicht informiert, also über diesen Altman?«

»Natürlich nicht.«

Danielsen ignorierte den gereizten Ton seines Besuchers. Moland hielt jetzt einen Kaffeelöffel in der Hand und schien irgend etwas damit vorzuhaben. Aber dann legte er ihn wieder hin. »Hören Sie einfach zu, was ich zu sagen habe, dann werden Sie auch verstehen ...«

Doch wieder fiel der Alte ihm ins Wort: »Sie brauchen nicht alle Karten auf den Tisch zu legen«, sagte er. »Sie ...«

»Wie meinen Sie das?«

»Sie kennen mich nicht, und ich möchte, daß Sie mich mit unversehrtem Selbstvertrauen verlassen. Also erzählen Sie mir ganz konkret, womit ich Ihnen vielleicht helfen kann, und behalten Sie den Rest für sich.«

Moland ließ sich auf dem Sofa zurücksinken und atmete tief durch. »Na gut«, sagte er und fuhr sich mit der Hand über die Wange. »Dieser Altman hat sich wegen eines Agenten an mich gewandt, von dem er fürchtet, er könne überraschend auftauchen und den ganzen Dienst in Verruf bringen. Er möchte diesen Mann stoppen, das ist klar. Aber zuerst müßten wir ihn finden und identifizieren ...«

»Warum sollten Sie das tun?«

»Ich bin einer der wenigen, vielleicht sogar der einzige, der dieses Gespenst vielleicht identifizieren kann. Ich bin ihm begegnet, vor Gericht, vor vielen Jahren, falls er es war ...«

»Das wissen Sie nicht sicher?«

»Nein. Und Altman war sich auch nicht sicher. Bis vor etwa einer Woche ...« Er legte eine kurze Pause ein, dann nahm er einen neuen Anlauf: »Anfang Herbst sind wir ins Grenzgebiet gefahren, wo dieser Mann angeblich lebt, und haben ihn gesehen, aber ich war nicht sicher, ob er es war. Altman war wütend, und meines Wissens ist er seither mehrere Male hingefahren, um den Mann zu beobachten ...«

»In seiner Freizeit?«

»Ja, ich sehe ja, worauf das hinausläuft. Aber er war sich noch immer nicht sicher. Bis dieser Mann – Altman zufolge, wohlgemerkt – plötzlich hier in Oslo auftaucht, ihn anspricht, als er eine Delegation englischer Kollegen in Ekeberg herumführt, und einfach droht, Altmans Haus in die Luft zu sprengen, wenn er ihn nicht in Ruhe läßt. Und da kann doch kein Zweifel mehr bestehen... Sagt Ihnen diese Geschichte etwas?«

Danielsen gab keine Antwort. Er verzog keine Miene und schob nur kurze, kaum hörbare »Ja« zwischen Molands Sätze, wie um diesem weiterzuhelfen. »Das Schlimmste«, fuhr der Staatssekretär mit gesenktem Kopf fort, »ist jedoch, daß etwas an der Geschichte nicht stimmt. Nach all den Drohungen kommt Altman mir nämlich erleichtert vor.«

»Ach.«

»Und er wollte es mir nicht erklären, als ich ihn darauf angesprochen habe.« Plötzlich schlug er die Hände vors Gesicht. »Und gerade das kann ich nicht ertragen«, keuchte er. »Ich riskiere bei dieser Sache meinen Kopf, und deshalb war Altman erleichtert. Ich bin doch der einzige, der ihn identifizieren kann.«

»Aber das wissen Sie nicht sicher?«

»Nein. Aber er glaubt es.«

»Dann haben Sie ja noch immer die Wahl.«

»Wie meinen Sie das?«

Danielsen zuckte mit den Schultern.

»Ich kann entscheiden, ob ich ihn als wirklich betrachten will oder nicht, haben Sie das gemeint?«

»Eine witzige Formulierung.« Der Alte schmunzelte. »Aber... das ist doch zweifellos nicht alles. Und den Rest werden Sie vielleicht auch noch erzählen?«

»Ja... nein, vor acht Tagen stand ich im Kaufhaus Steen & Strøm, und wer läuft mir da über den Weg? Ausgerechnet dieser Mann, den ich im Wald identifizieren sollte, dieser sogenannte Agent.« Er lachte kurz.

»Die undetonierte Bombe?«

»Ja. Da stand er, quicklebendig, und ebenso überrascht wie ich. Ach, ist das nicht der Jackenmann, fragte er.«

»Der Jackenmann?«

»Ja, eine peinliche Geschichte, die ich nicht weiter vertiefen möchte, aber ich habe ihm damals meine Jacke gegeben, hä, hä, bei unserer ersten Begegnung.«

»Ich verstehe.«

»Wohl kaum. Aber diesmal kam er mir ganz anders vor, ruhig und freundlich. Er kommentierte unsere erste Begegnung mit größter Selbstverständlichkeit und bat mich für sein grobes Auftreten um Verzeihung. Und dann sagte er, er freue sich über unser zufälliges Treffen, er habe nämlich erfahren, daß

Leute vom POT hinter ihm her seien, teilweise aufgrund einiger Artikel, die er für eine Zeitschrift der norwegischen Armee geschrieben hat, und teilweise, weil er der Lund-Kommission einiges über die Verhältnisse im POT erzählen mußte. Und dann habe er in Erfahrung gebracht, sagte er, daß ich mit diesen ›reaktionären kalten Kriegern‹ im POT zusammenarbeite, die ihm den Mund stopfen wollen, und er erwähnte vor allem Altman. Sie können sich ja vorstellen, wie klug ich mir in diesem Moment vorgekommen bin.«

Der Alte musterte ihn lange. »Und Sie haben ihm geglaubt?«

»Er kam mir jedenfalls so glaubwürdig vor wie Altman. Und dann...« Er dachte nach. »Mein Gott... dann sagte er, daß eben Altman mich ›verkauft‹ habe, erzählt habe, daß ich hinter allem stecke, und das Ministerium...«

Danielsen hob eine Hand. »Altman hat diesem Mann also gesagt, dieser Besuch bei ihm im Wald sei Ihre Idee gewesen?«

»Ja, und das ist eine glatte Lüge. Ich bin aufgrund einer blöden alten Geschichte von Altman in diese Sache hineingezogen worden, weder ich noch das Ministerium haben etwas damit zu tun. Das wäre ja auch noch schöner. Also sagte ich zu diesem... sogenannten Agenten: Was in aller Welt sollte ich denn davon haben, Sie zu verfolgen? Und er erwähnte diese blöde alte Geschichte, unsere Deckgeschichte, und ich sagte wahrheitsgemäß, daß Altman mich unter Druck setzt...«

»Und das hat er Ihnen geglaubt?«

»Ja – aber unter Vorbehalten, so kam es mir vor. Er scheint an einem Artikel zu arbeiten und glaubt, es mit mehreren Ebenen zu tun zu haben, die alle versuchen, sich gegenseitig die Schuld zuzuschieben... Andererseits: warum in aller Welt sollte Altman mich in den Wald schleppen, um einen Journalisten aufzuspüren?«

Danielsen lächelte deutlich. »Dafür kann es doch allerlei Gründe haben.«

Moland musterte ihn forschend. »Sie meinen, er wollte vielleicht nur verhindern, daß dieser Mann den Dienst in Verruf bringt, und daß er – damit ich ihn identifiziere – mir nur eingeredet hat, er wäre ein Agent?«

»Vielleicht. Und es ist auch möglich, daß er sich geirrt hat. Das passiert uns doch allen mal.«

»Aber ich hatte vor Gericht doch nie mit einem Journalisten zu tun – dem Unterschlagung vorgeworfen wurde.«

»Sie haben doch gesagt, Sie hätten ihn nicht erkannt.«

»Aber dann begreife ich Altman nicht.«

Gerrit Moland warf den Kopf in den Nacken und erhob sich, doch er schien mit dieser Bewegung keine besondere Absicht verbunden zu haben und setzte sich wieder. »Und«, sagte er eifrig, »außerdem ist Altman gestern im Ministerium aufgetaucht. Ich habe ihm von meiner Begegnung mit diesem Mann erzählt, und wir sind dabei ziemlich aneinandergeraten, was das eigentlich alles soll. Altman behauptete, gerade die Tatsache, daß dieser ... Ismael, wie er ihn nennt, mich auf diese Weise an der Nase herumgeführt habe, zeige, mit welchem Kaliber wir es zu tun haben, und daß es für den Dienst und das Land und für ... mich persönlich von größter Bedeutung sei, diesen Mann ›auszuschalten‹ – und das kann doch nur bedeuten, daß er diesen Mann liquidieren will!«

»Aber Sie sind hergekommen, statt in dieses Abenteuer einzusteigen?«

Moland schaute sich um. »Ja, ich bin lieber ausgestiegen.«

»Und er hat Sie aussteigen lassen?«

»Ja, er weiß ja, daß ich ihm nicht in den Rücken fallen kann, dazu hat er viel zuviel gegen mich in der Hand.«

»Dinge, die Sie heute dem Minister erzählen wollten?«

»Äh ... ja. Woher wissen Sie das?«

»Aber Sie haben ihm nichts erzählt?«

Molands Blick wanderte an Ikonen und Bücherregalen entlang. Er nickte gereizt, schwieg aber. »Sie sind heute morgen zur Arbeit gegangen«, sagte Danielsen, »um Ihr Gewissen zu erleichtern, womit immer das beladen sein mag. Aber dann sahen Sie den Justizminister, die Leute aus dem Vorzimmer, sahen alle lächeln und ihrer täglichen Arbeit nachgehen, und da überlegten Sie sich, daß es vielleicht einen anderen Ausweg gibt?«

Moland atmete schwer. »So ungefähr, ja.«

»Und Sie dachten, ich könnte Ihnen vielleicht helfen?«

»Mm.«

»Das kann ich nicht.«

»Das habe ich mir schon gedacht.«

Sie wechselten einen Blick. »Was ist mit Altman?« fragte der Staatssekretär.

»Bei dem kann ich Ihnen auch nicht helfen. Aber wenn Sie mich fragen, dann stimme ich Ihnen zu, dieser Bursche scheint mir keine gute Karte zu sein.«

Mehr sagte er nicht. Moland stand auf, lief um den Tisch herum und trat dann wieder an das Fenster. Rastlos.

»Was mir nicht aus dem Kopf geht«, sagte er, »vielleicht, weil ich diesem ›Wer immer das sein mag‹ von Angesicht zu Angesicht gegenübergestanden habe und ihn dann später so ganz verändert wiedertreffe, ist, daß ... nach so vielen Jahren mit einem unsichtbaren Krieg und so vielen Beteiligten, daß es da doch durchaus denkbar ist, daß sich ein oder zwei Verrückte in den Dienst eingeschlichen haben.«

Danielsen lachte. »Nein, obwohl wir – das möchte ich behaupten – gute Methoden hatten, um uns vor Fanatikern und Wirrköpfen zu beschützen. Kein System ist wasserdicht, und das soll es auch nicht sein. Ich erinnere mich zum Beispiel an einen Jungen, der vor langer Zeit einmal zu mir kam, einen ungeschliffenen Diamanten mit einer schrecklichen Vergangenheit: Mit sieben verlor er seine Mutter, wurde vom Vater mißhandelt und in ein Waisenhaus gesteckt, als der nicht mehr mit ihm fertig wurde; damals war der Junge erst zehn. Im Waisenhaus wurde zwar seine Begabung erkannt, doch der Junge war so verdreht, daß sie auch nicht mit ihm fertig wurden, deshalb wurde er einfach eingesperrt, wenn wenig Personal da war, an Weihnachten, Ostern und in den Ferien. Er weigerte sich, für die Schule zu lernen, und er weigerte sich zu arbeiten. Doch er fing an Schach zu spielen, zuerst mit sich selber, und bald war er so gut, daß der Heimleiter ihm die Teilnahme an einem Turnier gestattete. Bei diesem Turnier pfiff er allerdings aufs Schachspielen und brannte durch, wurde eingefangen, irgendwo in Finnland, glaube ich, und nun wurde ihm auch das Schachbrett entzogen, aber er besorgte sich ein neues ... und so ging es weiter. Immer wieder hat er alle an der Nase herumgeführt, seine ganze Kindheit und Jugend hindurch. Erst beim Militär kam eine Art Ordnung in sein Leben, seltsamerweise.

Wegen Sehstörungen kam er nicht zur kämpfenden Truppe, sondern wurde auf einem Horchposten eingesetzt, und bald hatte er die ganze Station übernommen.« Danielsen schmunzelte. »Ein Freund von mir war dort der Chef, und er erkannte sofort das Potential dieses Jungen und fragte, ob ich an ihm interessiert sei. Ich war damals im Ausland und sagte ja, unter Vorbehalt, aber ich muß schon sagen, so etwas habe ich nie wieder erlebt.«

Er legte eine kurze Pause ein. »Er operierte auf beiden Seiten des Eisernen Vorhangs, ein wahrer Zauberkünstler, und verdiente nebenbei Geld, indem er den Feind und auch seine eigenen Vorgesetzten an der Nase herumführte. Er war Gold wert, aber niemand hatte ihn im Griff.«

»Außer Ihnen?«

»Ich kann mich vor allem an sein seltsames System erinnern, mit dem er lernte. Wenn er in einem Buch eine Seite gelesen hatte, riß er sie heraus. Was er nach dem ersten Lesen nicht im Gedächtnis hatte, war für immer verschwunden, er bezeichnete das als Konzentrationsübung, als Operation ohne Bedenkzeit, ohne Sicherheitsnetz. Aber es war auch eine Methode, um seine Spuren zu verwischen.«

Moland murmelte: »Sie sprechen über ihn mit derselben verschrobenen Bewunderung wie Altman. Es handelt sich um denselben Mann, nicht wahr?«

»Nein, nein, dieser hier ist schon vor vielen Jahren gestorben. Eine tragische Geschichte, Selbstmord. Es gab allerdings ein Buch, das er nicht zerriß, die Bibel. Nicht, weil er sonderlich religiös gewesen wäre, sondern weil – das behauptete er – das Alte Testament das einzige Buch auf dieser Welt sei, das ebenso stark an oben und unten appelliere, an Idioten und Wissenschaftler, an Normale und Unnormale.«

»Und ich soll noch immer keine Assoziationen mit Ismael entwickeln?«

»Das wäre unnötig. Der, von dem ich rede, ist leider bereits 1969 gestorben.«

»Aber Sie haben ihn noch einige Jahre am Leben erhalten, auf dem Papier, meine ich?«

Danielsen blickte ihn an. »Ja, da haben Sie allerdings recht. Es machte uns eine gewisse Freude, die Russen glauben zu lassen, er sei weiterhin operativ. Ich brachte die Papiere in Ordnung … und er wurde unter anderem Namen begraben.«

»Kann Altman auf diesen Fall gestoßen sein und sich einreden, der Mann sei noch am Leben?«

»Dann muß er sehr gute Kontakte haben.«

»Aber möglich wäre es?«

»Es ist immer möglich, sich etwas einzureden.« Der Alte zuckte mit den Schultern. »Aber dann hat die Dienstleitung ein großes Problem«, sagte er. »Haben Sie mit Borkenheim gesprochen, seinem Vorgesetzten?«

»Ich habe mit niemandem gesprochen. Ich kann mit niemandem sprechen, deshalb bin ich doch … hier.«

»Aber doch nicht nur deshalb?«

»Was meinen Sie?«

»Sie haben Angst, daß auch Borkenheim mitmacht – die Führung des POT?«

Moland blickte ihn verzweifelt an. »Was soll ich denn glauben, verdammt noch mal!« rief er. »Er sagt doch, daß er auf Befehl handelt.«

Danielsen erhob sich, zog sein Notizbuch hervor, setzte sich die Brille auf und blätterte ein paar Seiten um, schien das Gesuchte auch zu finden, blieb aber stehen und starrte vor sich hin.

»Ja«, sagte er endlich und fuhr sich über die Wange, als überlege er, wie er die nächste schlechte Nachricht anbringen sollte.

»Bei mir sind Sie sich wohl auch nicht ganz sicher, oder?« fragte er und blickte dabei seinen Besucher an. Moland fuhr zusammen und machte eine resignierte Handbewegung.

»Sie sind immerhin in Pension.«

Der Alte lachte. »Hören Sie«, sagte er. »Falls mir zu Ohren kommen sollte, daß wir bei der Überwachungspolizei einen ernsten Fall von Verfolgungswahn haben, so weit oben, wie Sie andeuten, dann glaube ich, die Dienstleitung würde es fast schon als Dienstvergehen betrachten, wenn ich sie nicht davon in Kenntnis setzte, meinen Sie nicht?«

»Ich habe keine Ahnung, ich habe wirklich keine Ahnung.«

Moland beugte sich vor und schlug die Hände vors Gesicht. »Ich bin so entsetzlich müde. Ich kann nachts nicht schlafen. Meine Arbeit bleibt liegen, ich kann mich nicht mehr konzentrieren. Es geht zum Teufel mit... nein, vergessen Sie das.«

»Aber an Ihren ›persönlichen Gründen‹ kann ich natürlich gar nichts ändern.«

Der Staatssekretär nickte.

»Ich kann Ihnen aber einen guten Rat geben«, sagte der Alte. »Sagen Sie dem Minister, was Sie getan haben. Legen Sie die Karten auf den Tisch, und bieten Sie Ihren Rücktritt an, wenn die Sache so ernst ist, bevor er von selbst auf diese Idee kommt.«

»Aber...«

»Ja, sicher, Sie gehen ein Risiko ein. Vielleicht würde die Sache nie herauskommen, aber ich habe nicht den Eindruck, daß Sie noch viel ertragen können.« Er erhob sich. »Und jetzt muß ich mich um meine Frau kümmern, wenn Sie mich also entschuldigen würden ...«

Moland sprang auf und reichte ihm die Hand, servil, dankbar, während Danielsen in eine andere Richtung schaute, um ihn dann zur Tür zu bringen und ihm in den Mantel zu helfen. Moland bedankte sich noch einmal, und Danielsen schaute ihm nach, als er zu seinem Wagen ging, sich hinters Lenkrad setzte und losfuhr. Danach lief er zum Schreibtisch und griff nach dem Telefon. Robert Borkenheim, der Chef der Überwachungspolizei, war nicht in seinem Büro, doch Danielsen erreichte ihn über sein Mobiltelefon.

»Markus! Was in aller Welt, bist du von den Toten auferstanden?«

»Ich glaube schon. Und ich glaube auch, daß du mich sofort besuchen solltest.«

»Du meine Güte, ich bin unterwegs nach Nittedal.«

»Aber ich halte es für besser, du machst kehrt und kommst hierher.«

Ein kurzes Schweigen folgte.

»Na gut, dein Wunsch ist mir Befehl. Ich komme in ... einer halben Stunde?«

4

Danielsen ging in die Küche, um neuen Kaffee aufzusetzen, unterbrach diese Prozedur jedoch und schlurfte zurück zum Schreibtisch, suchte zwei Bilder hervor, legte sie nebeneinander, das Foto einer jungen und schönen Nachrichtensprecherin eines neuen Fernsehsenders und die Zeichnung eines Mannes in mittlerem Alter, der in den letzten Wochen in seiner Erinnerung herumgespukt war. Er ging wieder in die Küche, doch auch diesmal kam er mit dem Kaffee nicht weiter. Vor dem Fenster pickten einige Spatzen an der Futtergarbe, er hörte sie nicht; er hörte die Türklingel, lange und weit weg; er fuhr zusammen und schaute zur Decke hoch, sie schlief offenbar, dann ging er zum Öffnen.

Robert Borkenheim trat auf der Türmatte von einem Fuß auf den anderen, er trug Kniebundhosen, Anorak und Winterstiefel, was seine militärische Erscheinung aber nicht sonderlich mildern konnte. Danielsen sah ganz oben in der Auffahrt ein Auto stehen.

»Was führt dich denn nach Nittedal?«

»Neonazis, diese Idioten werden wir wohl nie los.«

Der Alte nahm ihm den Anorak ab und nickte in Richtung Wohnzimmer, dachte wieder an den Kaffee, gab dieses Projekt aber endgültig auf.

»Ich hatte in letzter Zeit einige seltsame Erlebnisse«, sagte er ohne Einleitung. »Ja, ja, setz dich dahin. Zwei Besuche, um genau zu sein, einen aus meiner fernen Vergangenheit und einen aus ... ja, wie soll ich sagen, aus der Gegenwart.«

»Klingt beunruhigend.«

Der Überwachungschef lachte laut.

»Ismael.«

»Was?«

»Ja.«

»Der Zauberer?«

»Just der.«

Borkenheim stieß einen unhörbaren Pfiff aus und schaute sich um, wie nach einem Fluchtweg. Danielsen hatte den Eindruck, daß die Mitteilung seinen Besucher wie ein Blitz aus heiterem Himmel getroffen habe.

»Ich dachte, der ist in Deutschland?«

Danielsen überhörte diese Frage. »Ich habe mir diese Zeichnung angesehen«, sagte er. »Sie wurde vor zwei Wochen hier in Oslo angefertigt. Würdest du bitte einen Blick darauf werfen?«

Der Polizist nahm das Blatt und starrte es lange aus verschiedenen Winkeln an, hielt es mit seinen langen, dünnen Fingern hoch und musterte das Wasserzeichen. »Keine Ahnung«, sagte er endlich.

»Ich habe mir in den Kopf gesetzt, daß es einer von Biglows Leuten sein kann«, sagte Danielsen nach einer kleinen Pause. Auch das schien seinen Besucher zu überraschen.

»Biglow?« sagte er. »Das ist wirklich interessant, was ist hier los?«

»Habt ihr nicht vor kurzer Zeit Besuch aus England gehabt?«

»Der ist immer noch da, aber das sind nur Fußsoldaten. Ich habe sie begrüßt und hipp hipp hurra gesagt und bin wieder gegangen, das ist Altmans Party.«

»Altman, ja. Und wer von euch spricht mit den Briten über die Lund-Kommission?«

Borkenheim zuckte mit den Schultern. »Da haben wir keine feste Regel«, sagte er. »Altman war auch in London, um diesen Kurs vorzubereiten, und hat dort über Lund informiert, über unsere Einstellung, das ist alles.«

»Ein ziemlich facettenreicher Typ, dieser Altman?«

»Das schon, aber das liegt wohl vor allem an seinem unbegreiflichen Gesicht. Niemand weiß so recht, was von ihm zu halten ist...« Er machte eine fragende Handbewegung. »Aber worauf in aller Welt willst du eigentlich hinaus?«

»Was ich sagen will, ist...«, der Alte beugte sich vor, »daß irgendwer den Briten eine ziemlich phantasievolle Darstellung der Probleme geliefert haben kann, die sich aus diesen Ermittlungen für uns vielleicht ergeben können – und für sie ebenfalls. Sie befürchten vielleicht, daß die norwegische Öffentlichkeit auch noch ihre schmutzige Wäsche wäscht. Jemand – von mir aus Altman, was weiß ich – kann außerdem erwähnt haben, daß vor der Kommission auch Ismaels Name gefallen ist, und daß er dort demnächst aussagen wird; und schon ist Biglow alarmiert. Soviel ich weiß, möchte er ja noch einige Jahre weitermachen.«

»Hier komm ich nicht mehr mit.«

»Biglow war Ende der sechziger Jahre für diese peinliche Godunow-Geschichte in Deutschland verantwortlich, sagt dir das was?«

»Äh ... nein.«

»Ist vielleicht kein Wunder, die wurde schließlich unter den Teppich gekehrt. Kurz gesagt handelte es sich um einen mißlungenen Versuch, einen Überläufer namens Godunow anzuzapfen. Es gab ein böses Ende, und daran war Biglow schuld. Er wäre damals fertig gewesen, wenn der Fall bekannt geworden wäre. Aber das geschah nicht, und deshalb ist Biglow noch immer dabei und jetzt ganz oben.«

»Na und?«

»Auch Ismael war in die Godunow-Tragödie verwickelt.«

»Sieh an. Kleine Welt. Und jetzt meinst du, daß ...«

»Die Godunow-Sache hat Ismaels Leben zerstört«, sagte Danielsen. »Für viele Jahre. Seine Frau hatte einen Nervenzusammenbruch, und als bald darauf ihre Tochter geboren wurde, verlor sie völlig den Verstand und beging Selbstmord. Wir können Gott nur dafür danken, daß Ismael die nächsten Monate damit beschäftigt war, die Kleine unterzubringen. Er ist wirklich hausieren gegangen, wenn ich mich richtig erinnere, und hat eine Reihe von Frauen aus Bærum und Oslo West hochnotpeinlichen Verhören unterzogen, bis er schließlich eine fand, die gut genug war, sich um seine Tochter zu kümmern. Und in diesen Monaten hat er sich dann doch abgekühlt, und ich habe Grund zu der Annahme, daß er die Sache inzwischen abgehakt hat.«

Er legte eine Pause ein und starrte Borkenheim an. »Aber das weiß Biglow ja nicht«, sagte er.

Der Überwachungschef zeigte keine Reaktion.

Danielsen fuhr fort: »Für ihn ist und bleibt Ismael ›die loseste Kanone auf dem schlingernden Deck des Westens‹, so hat er das einmal ausgedrückt.«

Borkenheim schwieg noch immer. Aber jetzt beugte er sich vor. Er zählte an seinen Fingern ab:

»Du deutest an«, sagte er, »erstens, daß Ismael zu Hause ist. Zweitens, daß er nur noch in Ruhe gelassen werden will. Aber, drittens, daß der Alte drüben auf der Insel das nicht weiß – oder es nicht glaubt – und daß er deshalb Dummheiten machte, daß er zum Beispiel einen seiner Rottweiler in eine Delegation eingeschleust hat, die hier ist, um Computerspionage zu unterrichten. Und dieser Rottweiler soll Ismael unschädlich machen. Sind das deine Gedanken?«

Danielsen zögerte mit der Antwort.

»Es klingt ziemlich wild«, sagte er dann und rieb sich die Wange. »Das muß ich zugeben. Aber ... selbst wenn Biglow langsam alt wird, so haben wir damals, als er ganz oben war, eins mit Sicherheit gewußt: Er würde nicht nur eigene Leute schicken, er würde auch einen von unseren nehmen, oder von deinen, wenn an meinen Überlegungen etwas Wahres sein sollte.«

Borkenheim lachte laut, riß sich aber zusammen, als er die ernste Miene des anderen sah. »Das bedeutet ...?«

»Bei euch herrschen im Moment ziemlich chaotische Zustände, nicht wahr?«

»Was meinst du, diese Lund-Geschichte? Ja, das läuft natürlich nicht wünschenswert, aber ich habe keinen Grund zu der Annahme, daß ...«

»Die Presse hängt euch rund um die Uhr an den Fersen. Deine Leute wissen nicht mehr ein noch aus, haben keine Ahnung, wer auspackt und wer nicht, wer gehen muß und wer weitermachen kann. Es geht um ihre Karriere. Man kann also fast sagen, daß für euch alle die Berliner Mauer einstürzt?«

»Natürlich. Unter anderem muß auch ich gehen. Und, ganz im Vertrauen, ich habe eine gewisse Hoffnung, meinen Stellvertreter mitzuziehen, den mir das Ministerium nach der letzten Aufräumaktion aufs Auge gedrückt hat, und noch zwei andere, zu denen auch der besagte Altman gehört?«

Der Alte nickte.

»Und das weiß er sicher?«

»Tja, er sieht wohl, in welche Richtung die Reise geht. Worauf willst du eigentlich hinaus?«

Danielsen zuckte mit den Schultern und schwieg. Sein Besucher erhob sich, warf den Kopf in den Nacken, lachte kurz, schüttelte den Kopf, lachte noch einmal: »Ha, du glaubst also, daß Altman sich mit den Briten zusammengetan hat, mit Biglow?« Wieder schüttelte er den Kopf. »Nein, diese Gnade wird Altman wohl nie zuteil werden. Dazu ist er einfach nicht gut genug.«

»Das habe ich im Grunde schon befürchtet. Jemand kann ihm ein Bonbon hingehalten haben, eine Beförderung zum Beispiel, oder ihm angst gemacht, mit... ich weiß auch nicht, wie, kann ein bißchen Benzin vergossen und es angezündet haben, und er sieht nur noch einen Fluchtweg.«

»Der zu Ismael führt?«

Danielsen schwieg. Borkenheim verstand und lachte kurz. »Dir ist doch klar – wenn dieser Mann Ismael angreift, dann kommt er garantiert nicht mehr zurück.«

Der Alte sagte noch immer nichts. Sie schauten einander an.

Borkenheims Blick wurde langsam klarer, während seine Wangen sich röteten. »Langsam geht mir ein Licht auf, alter Freund«, sagte er langsam. »Du hast mich nicht nur kommen lassen, um eine Katastrophe zu verhindern, sondern auch, um festzustellen, ob ich daran beteiligt bin.«

Danielsen lächelte abwehrend. »Durchaus nicht«, sagte er. »Und ich bin ganz deiner Ansicht, daß Altman wohl kaum fähig dazu ist... zum Beispiel deinen Posten zu übernehmen.

Aber ich habe – und zwar durch den zweiten Besuch, den ich erwähnt habe – Grund zu der Annahme, daß das Ministerium ihn vielleicht doch als deinen Nachfolger vorschlagen wird.«

»Das kann ich mir einfach nicht vorstellen.«

»Er hat starke Helfer.«

»Altman soll starke Helfer haben?«

»Du weißt doch von dieser Unterschlagungsgeschichte, die die Wirtschaftskripo gerade untersucht?«

»Ja, wir konnten dabei sogar behilflich sein.«

»Es weist einiges darauf hin, daß Altman diesen Fall nutzt, um den Staatssekretär des Justizministeriums unter Druck zu setzen – und ihn auf seine Seite zu ziehen.«

»Was sagst du?« Der Überwachungschef sprang auf. »Das ist doch unmöglich!« rief er. »Das bringt den Dienst endgültig in Verruf, und noch dazu gerade jetzt. Nein, du hast natürlich nicht... das ist doch nicht dein Ernst, oder?«

Danielsen schwieg. Borkenheim setzte sich. Dann sprang er wieder auf. »Der Idiot kann doch eine Regierungskrise auslösen!« brüllte er.

»Ja. Und was schlägst du vor?«

»Was, zum Teufel, soll ich vorschlagen!« Borkenheim lief im Zimmer hin und her. Danielsen erhob sich, fegte die Zeichnung in die Schreibtischschublade, griff zu seinem Stock und drehte sich um. Borkenheim starrte ihn an, trat dann in einer Art Habacht-Haltung vor das Klavier und versenkte sich in den Anblick der Familienbilder. Plötzlich stimmte er einen energischen Marsch an, den er mit einem Pausenzeichen beendete. »Nein, jetzt muß ich los«, sagte er, ohne seinen Gastgeber anzusehen.

»Ich bring dich zur Tür.«

»Die Arbeit wartet, diese Nazisache ist ziemlich übel. Wir hatten gehofft, sie bald geklärt zu haben und nachweisen zu können, was diese Idioten wirklich treiben.« Im Gang blieb er stehen. »Du, ich muß sagen, dieser Biglow geht mir allmählich auf die Nerven, wenn an dieser Geschichte etwas Wahres ist. Sollten wir ihm nicht mal einen deutlichen Hinweis geben?«

Danielsen stutzte. »Das haben wir doch gemacht – vor langer Zeit.«

»Erzähl.«

»Na ja, das muß so gegen neunzehnhundertsiebzig gewesen sein. Wir haben ihm eine Meldung zukommen lassen, kodiert natürlich, und der Grundtext war in Altnordisch, das war natürlich Ismaels Idee. Biglow ahnte, daß es sich um einen makabren Scherz handeln könnte, aber er konnte kein Risiko eingehen. Deshalb lief er wochenlang mit einer unbegreiflichen Buchstabenfolge in der Westentasche durch die Gegend, bis ein Freund von ihm an der Universität Edinburgh die Sache klären konnte; es war ein Bibelzitat aus dem Ersten Buch Mose. Biglow aber kapierte nicht und ließ seine Leute noch ewig lange an diesem Text herumtüfteln, er mußte doch irgendeinen tieferen Sinn haben.«

Borkenheim lachte laut.

»Ich glaube, das hat er uns nie verziehen«, sagte Danielsen. »Aber später soll er zu seinen Leuten gesagt haben, ›nur ein Fanatiker kann mit hundertprozentiger Sicherheit sagen, daß etwas ein Witz ist. Ihr habt euch mit neunundneunzig Prozent zufriedengegeben, ihr habt schlechte Arbeit geleistet.‹«

»War das ein geschickter Zug von euch?«

»Nein, war es wohl nicht.«

»Und du siehst wirklich Biglows Hand ... auch hier?«

»Wenn er einen Mann wie Altman benutzt, dann teilt er auf jeden Fall mit, daß ... ja, daß er weiß, daß wir für keinen von ihnen einen Finger rühren werden.«

»Na«, der Überwachungschef lächelte. »Dann behält Biglow doch nicht in jeder Hinsicht recht.«

»Wie meinst du das?«

»Kann ich diese Zeichnung haben, sicherheitshalber?«

»Ja, natürlich.« Danielsen ging zu seinem Schreibtisch und

holte die Zeichnung, die Tor ihm gegeben hatte. Borkenheim warf einen Blick darauf, rollte sie zusammen und steckte sie in seine Anoraktasche.

»Mach's gut, Markus, bis demnächst.«

Der Alte hätte schwören können, daß er ein kurzes Lächeln gesehen hatte, während sein Besucher sich umdrehte. Er trat ans Fenster und sah zu, wie Borkenheim im Rückwärtsgang auf die Straße fuhr, aus dem Wagen stieg und das Tor hinter sich schloß. Er zog das andere Bild hervor und betrachtete es ausgiebig. Es waren zwei Bilder gewesen, Biglows Mann, wenn er es denn war, und eine junge Frau, die bei einem neuen Sender Nachrichten präsentierte.

Er trat vor Rubljows »Erzengel Michael«, eine perfekte Kopie, dann ging er zum Klavier, hob den Deckel und schaute sich die Saiten an und die kleinen Messingschilder, die Auskunft über den Instrumentenmacher gaben. Warum ihre Aufmerksamkeit auf sie lenken? Oder – bestimmt stehen alle ab und zu auf der Heimatstation eines alten Kumpels und lassen ihren Gedanken freien Lauf, assoziieren und werden nostalgisch? Und die Jahreszahl, an der der »geizige« Klavierbauer sich zu schaffen gemacht hatte... er wiederholte den Ausdruck »der geizige Klavierbauer« und ließ sein Gehirn damit arbeiten, bis nur ein leerer Spruch übrig war, danach wandte er dasselbe Verfahren auf »Jude«, »Berlin«, »Zweiter Weltkrieg«, »Kriegsbeute«, »Schwarzmarkt«, »gefälschte Ikonen«, »Deutschland« an, und erst, als alle diese Begriffe sinnentleert waren, ging ihm auf, daß sie zur Vergangenheit gehörten, zu einer Zeit, die vorbei war, und dafür dankte er Gott, »früher«, »damals«, »in jener Zeit«, worauf ein »nachdem« folgen sollte, »vorher und nachher«, »nach Berlin«, »nach der Maueröffnung«, wieder »der geizige Klavierbauer«, oder »der geizige Nachrichtendienstler«, der keine Informationen weiterreicht, der keinen anständigen Preis für ein organisiertes Instrument von guter Qualität bezahlen will, dessen Besitzer sich nicht mehr feststellen läßt, ein Unrecht, das nicht wiedergutgemacht werden kann, das keine Sühne kennt, »zu spät«, nein, nichts, »die perfekte Kopie«, er selber natürlich, »Blumen«, »zu spät«, sühnen, neuer Versuch, eine neue Generation – er hatte Interesse an den Stichen an der Wand im Flur gezeigt, an den Familienbildern, den Kindern ... »Tommy«. Das war's! Er stürzte zum Telefon und rief seinen Sohn an, die »nächste Generation«, »die, die nach uns kommen«, »die, die uns nicht verstehen«, »die, die unsere Geschichte dichten müssen«, »die, für die wir Mythen sind« ...

»Ich bin's«, sagte er und versuchte, sich zu beherrschen. »Wie sieht's aus?«

»Gut soweit«, sagte sein Sohn munter. »Ich bin noch immer ein Erfolg, wenn auch nicht gerade nach deinen Maßstäben, aber das wird dich ja wohl kaum überraschen. Geht's dir nicht gut?«

»Doch, natürlich ...«

Pause.

»Es ist vier Uhr nachmittags, Vater, um diese Zeit bist du sonst mit Kochen beschäftigt. Stimmt etwas nicht mit Mutter?«

»Nein, nein, keine Panik. Ich wollte nur wissen, ob dich einer von unseren alten Freunden aus der Zeit in Deutschland besucht hat?«

»Von den alten Dämonen? Nein, die spuken wohl nur bei dir, Vater. Wieso fragst du?«

»Einfach so. Ich habe erfahren, daß einer von ihnen im Lande ist, und daß er sich wieder davonstehlen will – ohne eine Dose mit Mutters Plätzchen.«

Der Sohn lachte. »Jetzt bist du fürs Backen zuständig, das wissen alle, damit mußt du dich abfinden. Nein, ich habe keine Menschenseele gesehen.«

»Na gut, mein Junge, paß auf dich auf, heirate, bekomme Kinder und sei lieb zu ihnen, kurz gesagt, lern von mir!«

Er legte auf und drückte zweimal vorsichtig auf die Sprechanlage. »Bist du da, Margaret?«

Ihre Atemzüge, gleichmäßig, friedlich, ruhig.

»Ja«, sagte sie schließlich. »Aber ich war wohl für ein paar Minuten eingenickt.«

»Hab ich dich geweckt?«

Er stellte sich ihre Bewegungen vor; sie drehte sich langsam auf den Rücken und schmiegte die linke Wange ans Kissen, um auf den Wecker schauen zu können.

»Das macht doch nichts. Ich sollte jetzt nicht schlafen. Gibt es bald Essen?«

»Bald, ich bin aufgehalten worden. Robert Borkenheim war hier.«

»Ja, das hab ich gehört. Zuerst dieser Staatssekretär, dann Borkenheim. Und das sollte wohl so sein?«

Er lächelte, schwieg aber. »Kannst du nicht raufkommen«, fragte sie. »Dann reden wir darüber.«

»Ich setz nur mal schnell die Kartoffeln auf.«

Das tat er. Dann mischte er zwei Aperitifs, einen ziemlich steifen für sich und einen dünnen für sie, kletterte die viel zu steile Treppe hoch und ging ins Schlafzimmer. Die Vorhänge waren zugezogen, trübes Nachmittagslicht fiel auf das Bett. Er stellte das Tablett auf den Nachttisch und half ihr beim Aufsetzen. Sie musterte die Getränke und nahm das stärkere.

»Warum lernst du nicht, sie gleich stark zu machen? Dann brauchst du diese Plörre nicht zu trinken!«

Er lachte. »Ich trink gern Plörre«, sagte er. »Wie geht es dir denn?«

Sie seufzte: »Mannsbilder, hab ich gedacht, Mannsbilder! Wirklich ein Glück, daß ihr nicht allein im Krieg wart. Fast hätte ich mich eingemischt, aber ich kenne diesen Borkenheim doch nicht. Du mußt natürlich Kontakt zu seiner Tochter aufnehmen.«

Er blickte sie überrascht an. »Zu Tors Tochter?«

»Ja.«

»Die weiß doch nichts. Sie hat ihn nie gesehen und weiß noch weniger als ich, wer er ist und was er will.«

»Aber er hat dich doch darum gebeten.«

»Für den Fall, daß ihm etwas zustößt, ja.«

»Markus! Das ist das einzige, worum er dich gebeten hat. Und das war so gemeint!«

Er nippte an seinem Glas und blickte sie ärgerlich an. »Ich fürchte, du siehst die Sache zu einfach.«

»Sie ist einfach. Wir wollen das haben, was wir begehren, und wir tun alles, um es zu bekommen. Das ist der rote Faden in allem, was auf diesem Erdball passiert. Hat er dir einen Hinweis gegeben?«

»Bestimmt – aber ich kann ihn nicht finden.«

»Dann denk nach, Mann!«

»Dieser Bjerke aus der Gesetzesabteilung«, murmelte er nach einer Minute Gedächtnisarbeit. »Wir können uns gegenseitig nicht ausstehen. Natürlich hätte er Moland niemals hergeschickt, es war...«

»Tor?«

»Ja, der hat Moland geraten, mich um Hilfe zu bitten und auf Bjerke zu verweisen, damit ich begreife, daß Tor ihn geschickt hat, und das hat natürlich seinen Grund.«

»Und mit wem hast du sonst noch gesprochen – Himmel, das ist ja wie in alten Zeiten – außer Borkenheim?«

»Nur mit Borkenheim. Und Tor weiß natürlich, daß ich, nachdem ich Molands Geschichte gehört hatte, damit zu Borkenheim gehen mußte. Aber was weiß er über Borkenheim, abgesehen davon, daß der Biglow haßt... ja, natürlich.«

Er legte den Kopf in den Nacken und lachte kurz. »Er hat mir alle Karten in die Hand gespielt, und ich habe nichts gemerkt, und außerdem hat er dafür gesorgt, daß ich ihn nicht erreichen kann...« Das Lächeln verschwand. »Weil er auch zu mir kein Vertrauen hat. Er ist gekommen, weil er wissen wollte, ob ich mit im Spiel bin.« Er stand auf und schaute in den Schnee hinaus. »Und das verletzt meine Eitelkeit, es verletzt meine tiefsten Gefühle.«

»Ganz mit der Ruhe«, sagte sie. »Wir haben uns auch eher auf die Russen verlassen, als daß wir kontrollieren konnten, was sie sagten.«

»Ich bin kein Russe.«

»Also hat er sich davon überzeugen lassen.«

»Das ist noch die Frage, so, wie ich mich verhalten habe. Es war eher ein halbherziger Versuch, ihm einzureden, er leide unter Halluzinationen. Daraus schließt er natürlich nur, daß ich Skrupel bei der Sache habe, das ist grausam.«

»Markus – er hat dir einen Weg gezeigt – seine Tochter. Und jetzt nimmst du bitte Vernunft an, sonst stehe ich auf.«

Er grunzte und leerte sein Glas.

»Was soll ich ihr denn sagen«, murmelte er. »Ein paar schöne Sprüche über einen Vater klopfen, von dem sie rein gar nichts weiß? Er wollte doch einen Nekrolog und keine Warnung.«

»Jetzt stellst du dich dümmer an, als du bist, mein Lieber. Was dich verletzt hat, ist, daß du zu einer Figur in seinem Spiel geworden bist, aber darüber solltest du ja wohl erhaben sein. Er beschützt dich.«

»Als ob das die Sache besser machte!«

5

Thomas Altman schaute in sein Aquarium. Wenn auf dieser Welt überhaupt auf irgend etwas Verlaß war, dann auf Fische. Sie schwimmen und schwimmen und schwimmen. Es war Viertel vor vier morgens, eine weitere schlaflose Nacht lag hinter ihm. Das gefiel ihm nicht. Ihm gefielen Gewohnheiten, und nun fragte er sich gewohnheitsgetreu, wieviel Futter er den Fischen geben sollte, wenn er sich für diesen Ausflug entschied, für einen Tag, für drei ...?

Er hörte draußen den Zeitungsboten, den Briefkastendeckel der Nachbarn, seinen eigenen. Er schaute aus dem Fenster. Eine einzelne Fußspur im Schnee, blaukalte Straßenlaternen – Stille.

Er gab den Fischen Futter für einen Tag und setzte sich an den Schreibtisch mit dem aufgeschlagenen Familienalbum, dem einzigen, was er außer einigen Jagdgewehren und einer Münzsammlung von seinem Vater behalten hatte. Und wie oft hatte er diese stupiden Reliquien schon angestarrt! Bilder von ihm und seinem Bruder, aufgenommen vor einer Ewigkeit, zwei Jungen von fünf und acht, vor dem Unfall, als man ihn noch fotografieren, als man noch sehen konnte, wer er war.

Doch Thomas Altman hatte die Aufgabe gelöst, ein glückliches Kind mit häßlichem Gesicht zu sein, zu Hause und in der Schule, auf dem Fußballplatz und auf der Straße; es war sein Versteck geworden, im blendenden Licht des Mitleids. Als dann das Angebot kam, mit seiner doppelten Identität seinem Vaterland zu dienen, befolgte er nur ein Gebot des Herrn. Ja, sogar als er heiratete und sich mit einer zufriedengeben mußte, die ihn nicht als den liebte, »der er war«, sondern mit einer, die gern ein guter Menschen sein wollte, so geschah das nach Plan, war Ergebnis eines strategischen Selbstbildes, und hatte sein Leben auch nicht groß verändert. Sie hatten einander gefunden, sie hatten drei Kinder – ohne Makel –, und diese Kinder wurden immer wieder fotografiert.

Doch als diese Untersuchungskommission eingesetzt wurde, war das für Altman ganz anders gewesen als für seine Kollegen. In der Truppe machte sich die reine Bürgerkriegsstimmung breit. »Auf Gummisohlen«, brüllte der Chef. »Todesstrafe für den kleinsten Fettfleck!« – »Nach Vorschrift!« Grinsend und mit funkelnden Augen zwar, aber Thomas Altman hatte ihn durchschaut, es war Ernst: Er kam ins Büro, und sein Computer war angezapft worden, seine Post wurde geöffnet, und er mußte jedes Wort auf eine neue Goldwaage legen, das geschriebene wie das gesprochene, vor allem am Telefon und bei Besprechungen im Ministerium. Im Lauf dieses Jahres wurde er außerdem zweimal bei der Beförderung übersprungen.

»Du bist fertig«, hatte ein Kollege mit sogenannten politischen Verbindungen bei einem Bier gesagt.

»Wieso das?«

»Weil du ein Clown bist, weil du keine Freunde hast. Irgendwen müssen sie doch opfern, und ich würde mich nicht wundern, wenn sie dir schon genau auf die Finger schauen, um einen Vorwand zu finden.«

Altman hatte das zunächst vom Tisch gewischt, aber dann kam die fatale Zugfahrt, als er sich auf ein ruhiges Wochenende freute und statt dessen das Weiße im Auge des Größten von allen sah: Ismael.

Doch Altman war kein Hysteriker. Er hatte schon häufiger eine Niederlage in einen Sieg umgewandelt, hatte manche übernervöse Tat rechtzeitig verhindern können, und vielleicht handelte es sich ja nur um eine zufällige Begegnung, vielleicht war es eine Sehstörung, vielleicht war es auch eine Probe, ein Test in der Kunst, Phantasie und Wirklichkeit zu unterscheiden. Der rätselhafte Todesfall, der damals die Zeitungen füllte, lieferte ihm das beste Alibi der Welt, er konnte einfach nach Gehör spielen, nach den Regeln.

Aber eine Lösung gab es nicht.

Er klappte das Album zu und ging aus dem Zimmer, schlüpfte in seinen Morgenrock, ging aus dem Haus – nichts zu sehen – und zum Tor, holte die Zeitung. Selbst der größte Skeptiker mußte das doch inzwischen einsehen. Es gab seine Begegnung mit Moland, die auch keine volle Klärung gebracht hatte, sondern nur ein neues Teil im Puzzlespiel, und die Szene auf Ekeberg, mit den englischen Kollegen, die auf jeden Fall nicht widerlegen konnten, daß er es war – aber was sollte das alles? Sollte er aufs dünne Eis gelockt werden? Das müßte dann doch bedeuten, daß sie noch nicht alles über ihn wußten, über die kleinen Tricks, die er im Laufe seiner Dienstjahre hatte benutzen müssen, um mit dem Geld auszukommen oder um einen unerwünschten Krankenbericht verschwinden zu lassen. Altman hätte inzwischen längst Bericht erstatten müssen, und wenn er weniger Dreck am Stecken gehabt hätte, hätte er das wohl auch getan. Aber er überlegte nun schon, ob es sich um etwas viel Größeres handeln könne, vielleicht um das, für das er sein Leben lang trainiert, von dem er aber noch nichts gesehen hatte – sprach Ismael nicht recht seltsam, fremd, gebrochen? Bei diesem Gedanken wurde ihm schwindlig, er konnte erst recht nicht schlafen.

Er ging ins Schlafzimmer und schaute seine Frau an. Seine Augen schmerzten. Ich bin nicht klar im Kopf, dachte er, denke nicht klar. Ein säuerliches Zittern jagte ihn ins Wohnzimmer. Er fand den Zettel, den er vor vier Tagen geschrieben hatte. »Liebe Irene, muß etwas erledigen, kann einen oder zwei Tage dauern. Thomas.« Er fragte sich, ob er das »Liebe« streichen sollte, aber auch die Schroffheit mußte ihre Grenzen haben. Er zog sich an, nahm seinen Rucksack, ging auf den Flur, überzeugte sich davon, daß Skier und Gewehr im Behälter auf dem Wagendach steckten, stieg ins Auto, drückte auf die Fernbedienung und sah zu, wie sich das Tor vor ihm öffnete. Seit Molands Rücktritt am vergangenen Freitag stand ihm im Grunde nur noch ein Weg offen. Altman lachte. Sein Entschluß stand noch nicht fest. Das war die Antwort. Sein Entschluß stand noch nicht fest.

Er fuhr durch eine Hauptstadt im tiefen Morgenschlummer. Das Radio brachte leise, abwartende Musik, Nachrichten und Wetterbericht, grau, Schnee in Ostnorwegen; er hätte gern gewußt, ob das ein Vorteil sein könnte.

Er hatte einen Besuch am vergangenen Samstag und einen am Montag gemacht, hatte sich auf dem Hügel oberhalb des kleinen Hofes versteckt und auf eine Gelegenheit gewartet, die sich auch geboten hatte; der Mann lief ja jeden Tag in den Wald, prangte als schwarze Zielscheibe vor dem weißen Schnee. Aber der Schleier, der plötzlich mit dem Morgenlicht verschwunden war, hatte ihn wohl daran gehindert, weil das allzu Deutliche und Normale dieser Bewegungen auf diesem norwegischen Hofplatz nicht zu übersehen war. In einem Rausch aus erschöpfender Gleichgültigkeit und Erleichterung war er wieder nach Hause gefahren, aber der Schlaf hatte sich trotzdem nicht eingestellt, der war und blieb verschwunden. Er tat es, um schlafen zu können; deshalb drang er in diese abgelegenen Waldwege ein, nur um schlafen zu können.

Der Schnee war geräumt worden, aber der Wagen schaffte die niedrigen Schneewehen doch nicht. Er rollte über einen unsichtbaren Treckerweg hinunter zum Fluß, hielt an, öffnete das Fenster und lauschte auf Wald und Stille, die absolute Stille. Er stieg aus und überzeugte sich davon, daß er von der Straße her nicht zu sehen war. Er garnierte Schneewehen und Reifenspuren mit Tannenzweigen, nahm den Rucksack, ließ Skier und Waffe liegen und ging die zwei- oder dreihundert Meter zur Aussichtsstelle hoch.

Ich summe, dachte er. Das ist ein gutes Zeichen.

Zwischen ihm und dem Hof lagen Fluß, Straße und die verschneiten Felder, eine Entfernung von fünf- oder sechshundert Metern. Er hatte mit dem Gedanken gespielt, eine Dienstwaffe zu benutzen, falls er zu diesem Schluß kommen sollte. Der Bursche lief ja pausenlos zwischen Stall und Haus hin und her, ging zur Straße, um Post zu holen, ab und zu suchte er auch den Elchspfad auf. Aber fünfhundert Meter sind eine große Entfernung; man braucht in diesem Gelände sechs, sieben Minuten für fünfhundert Meter, und in sieben Minuten kann allerlei passieren. Er wollte keine Geschosse am Tatort herumliegen haben, falls er sich für ein solches Ende entschied, denn das wäre wahnwitzig, ja, und deshalb hatte er es natürlich noch nicht getan, weil er nicht sicher war, weil sein Entschluß noch nicht feststand – es war eine Untersuchung, der letzte Teil einer Untersuchung.

Aus dem Schornstein stieg Rauch auf, hinter den Fenstern brannte Licht. Bald würde dieses Frauenzimmer auftauchen, über den Hofplatz gehen, sich ins Auto setzen, hupen und ins Dorf fahren. Eine halbe Stunde später würde er selber zum Vorschein kommen, Altmans Ebenbürtiger, sein Zwillingsbruder in Großformat, sein Verfolger und sein Mythos. Er würde sich umsehen, einige ziellose Runden um das Haus drehen, die Skier aus dem Schuppen holen und in den Wald laufen, um einige Stunden an einer Holzhütte zu arbeiten, die Altman schon einige Male aufgesucht hatte, unter anderem, um Fingerabdrücke zu sichern, die ihm aber auch keine volle Klarheit gebracht hatten. Aber es mußte dort passieren, bei der Hütte, was auch immer es sein würde, ein klärendes Gespräch oder ein Bombeneinschlag; sogar die Möglichkeit, daß die Kollegen mit einer Videokamera und einem Ätschbätsch auftauchen könnten, mußte er in Betracht ziehen, obwohl das nicht sehr wahrscheinlich war – der zurückgetretene Staatssekretär machte ihm jetzt nämlich Probleme; es gab keine Zweifel mehr an der Tatsache, daß dieser ihm einiges verschwiegen hatte. Zuerst, daß er dem Agenten »zufällig« in einem Kaufhaus in der Stadt begegnet sei, daß der Agent freundlich aufgetreten sei und sich als Journalist ausgegeben habe, der behauptete, vom Geheimdienst bedroht zu werden – und das von ihm, Altman. Ja, danke! Altman hatte Moland schnell durchschaut. Und an wen hatte er sich gleich am nächsten Tag gewandt, wenn nicht an Markus Danielsen, die graueste aller grauen Katzen aller Dienste, den souveränen Gewinner des Kalten Krieges, Chef des Nachrichtendienstes und Architekt ausgefeilter Überläuferprogramme für die Westmächte, und außerdem seinerzeit Ismaels Führungsoffizier!

Altman hatte es mit eigenen Augen gesehen. Bald darauf war auch sein Chef aufgetaucht, Borkenheim. Denn hier sollten Leumunde gerettet und Sündenböcke geschlachtet werden, kleine Gauner wie er – und natürlich war Moland deshalb zurückgetreten, damit Altman ihn nicht mehr im Griff hätte. Die Vorstellung, daß er durch puren Zufall in alles hineingeraten war, war nicht nur schockierend, sondern erschien absolut unwahrscheinlich, so unwahrscheinlich, daß er darüber total ins Zweifeln geriet – wer lenkte denn eigentlich sein Leben? Er, der sich niemals irgendeiner Macht unterworfen hatte, er, der sein Versteck besaß, seine Maske und seine Festung?

In diesem Moment wurden unten die Vorhänge in der Küche aufgezogen, bald darauf wurde die Tür geöffnet, und die Frau erschien, nicht so grellbunt gekleidet wie sonst. Sie lief durch den Schnee, drehte sich um, sagte etwas zur Treppe oder vermutlich zu dem Mann, der dahinter stand und sich von ihr verabschiedete. Altman sah, wie sie durch den frischgefallenen Schnee stapfte und im Schuppen verschwand. Erst als der BMW die Mitte des Feldes erreicht hatte, hörte er leises Motorendröhnen – und die Hupe! – und empfand abermals Erleichterung: Vielleicht wollte er heute ja zu Hause bleiben und Schnee schippen?

Aber würde er selber schlafen können, nach einem weiteren Rückzug? Ein paar Mal ist ein Rückzug möglich, aber irgendwann muß Schluß sein, wenn er wieder schlafen können soll, also soll der Bursche den Entschluß selber fassen: Wenn er in den Wald geht, ist der Fall klar, wenn er zum Schneeschaufeln zu Hause bleibt, ist er ebenfalls klar!

Altman fuhr zusammen, als das Licht hinter dem Küchenfenster ausgeschaltet wurde. Eine dicke Rauchkugel quoll aus dem Schornstein, und dann stand er auf der Treppe, angezogen wie immer, wenn er in den Wald wollte. Er schaute sich um, drehte seine Runden um das Haus und betrachtete seine Umgebung, eher wie ein ängstlicher Hase als wie ein verfolgtes Raubtier. Danach erst schloß er die Haustür ab, schaute sich noch einmal um – sah ihm plötzlich voll ins Gesicht, und Altman mußte sich zwingen, das Fernglas nicht sinken zu lassen –, dann holte er die Skier aus dem Schuppen, schnallte sie an und lief in den Wald. Das alles entsprach Altmans Erwartungen so genau, als zeige das glasklare Fernglas ihm seine eigenen Gedanken.

Er merkte, daß seine linke Hand zitterte. Aber seine rechte Hand war kalt. Er lief zum Auto hinunter, schob sich das Gewehr über die Schulter, nahm die Skier über den Arm, ging zur Straße hoch, überquerte die Fahrbahn und erreichte ein Dickicht, wo er die Skier anschnallte und einer Loipe folgte, die er drei Wochen zuvor vorbereitet hatte.

Aus einem Hohlweg zwischen zwei Hügelkämmen hatte er gute Sicht auf den Hof; in einer Lichtung, die sich den Hang hochzog, sah er Ismaels Spuren, wie von einem Diamanten über eine Glasplatte gezogen. Er ließ eine Viertelstunde verstreichen, lief dann in dieser Spur weiter und legte unterwegs viele Horchpausen ein. Erst als er aus der Ferne eine Motorsäge hörte, steigerte er sein Tempo; er erreichte die letzten Senken und blieb stehen. Das Geräusch der Motorsäge wurde lauter und leiser. Er verließ die Spur und folgte einer Senke, die auf der linken Seite nach oben führte, bis er knapp dreihundert Meter vor der Hütte merkte, daß er nicht mehr normal atmete. Er wollte anhalten, lief aber weiter. Schließlich hielt er doch an, überprüfte seine Waffe, Munition im Magazin, Zielfernrohr, hängte sie sich über die Schulter und hörte plötzlich, daß das gleichmäßige Dröhnen nicht von einer Motorsäge stammen konnte. Es mußte ein Trecker sein oder ein Kompressor.

Er brachte den letzten steilen Hang hinter sich und erreichte ein kleines Tal, das ihn zwischen zwei Felskuppen in ein weiteres Tal führen würde – und direkt zur Hütte.

Ich summe, dachte er. Das ist ein gutes Zeichen.

Oben auf dem Plateau wuchs ein dichter Birken- und Weidenwald, links von ihm floß ein Bach durch das Moor. Noch immer hörte er das leise Dröhnen. Es legte sich, als er die letzte Kuppe passierte, doch im abschüssigen Gelände war es dann wieder deutlicher. Sein Blick fiel auf einen kleinen roten Gegenstand im Moor, auf dem Schnee, nirgendwo waren Spuren zu sehen. Er überlegte, stapfte acht oder zehn Meter über die kreideweiße Fläche und bückte sich, um den Gegenstand aufzuheben. Es war der Deckel eines Benzintanks, von einem Trecker?

6

Tor schlief schlecht. Er träumte von weißgekleideten Kindern, die durch hohe Tore gingen, Kinder, die Gott vergessen hat, die glauben, in Sicherheit zu sein, die aber den Wind im Gesicht spüren, Flügelfedern. Er war schon zweimal aufgestanden und hatte nach dem Kätzchen gesehen, das er von einem der Höfe geholt hatte. Er hatte einen Kasten gezimmert und im Wohnzimmer neben den Ofen gestellt. Dort schlief das Kätzchen. Aber es hing auch an den Vorhängen und fegte Tassen vom Küchentisch. Als Tor gegen halb sieben Holz holen ging, glaubte er, Motorendröhnen zu hören. Aber das legte sich bald wieder. Und ein Mann ohne Schlaf hört nicht. Er heizte beide Öfen ein, duschte und machte Frühstück. Als Susi nach unten kam, spielte er mit dem Kätzchen, sein Blick folgte ihr zum Herd und zur Kaffeekanne, zum Tisch.

»Du hast abgenommen, Susi. Vergiß nicht, was ich gesagt habe: zwei Kilo weniger am Hintern, und du kannst allen Spaß im Bett vergessen.«

»Und was wirst du dann machen?«

»Mich meinen schmutzigen Phantasien hingeben, was denn sonst.«

»Das wird witzig. Warum schläfst du nicht?«

»Ich träume. Und ich muß mich um die Katze kümmern.« Er streichelte den Rücken des Tieres. »Sie ißt auch nicht.«

»Ich habe viel zu tun«, sagte sie. »Und du kochst ja nur gesundes Essen, da mußt du dich wirklich nicht wundern.«

»Ich koche altmodische Bauernkost. Heute gibt es geräucherten Schellfisch mit Möhrenpüree und massenhaft Speck.«

»Und das ist Bauernkost?«

»Bei uns gab es das jedenfalls einmal pro Woche. Der Fischhändler stand unten auf der Hauptstraße, vor der Milchrampe, auf der wir schon warteten, jeden Mittwoch...«

Sie lief um den Tisch und gab ihm einen Kuß. Tor legte den Arm um sie und drückte sie an sich. »Du hast festes Fohlenfleisch wie ein Fisch«, sagte er. »Und so will ich dich auch haben.«

»Festes Fohlenfleisch wie ein Fisch, was ist das denn für ein Ausdruck?«

»Eine Alliteration, mein Herz, denn vier Wörter beginnen mit demselben Laut, *festes Fohlenfleisch* wie ein *Fisch*.«

»Ich hab ja gewußt, daß du genial bist, Tor, aber ein Pferd ist kein Fisch. Und jetzt laß mich los, ich muß in die Welt hinaus und Kohle scheffeln.«

Er ging mit ihr auf die Treppe und sah zu, wie sie ins Auto stieg. Er hörte sie unten auf dem Feld hupen und verspürte den heimtückischen Drang, wieder ins Bett zu gehen und zu verschwinden. Statt dessen gab er dem Kätzchen noch etwas Milch und räumte in der Küche auf, schmierte Brote, füllte die Thermoskanne und sah sich die Fernsehnachrichten an. Staatssekretär Gerrit Moland war vor fünf Tagen zurückgetreten, ohne Angabe von Gründen und ohne großes Medieninteresse. Und vor sechs Tagen hatte seine Tochter statt der Kontaktlinsen eine Brille getragen. Er registrierte, daß für Ostnorwegen Schnee gemeldet wurde.

Er legte im Ofen Holz nach, zog sich an und ging in die Scheune. Die Wagenspuren waren tief, und er überlegte, ob er nicht zuerst Schnee schaufeln sollte. Er schaute vom Trecker, den er noch nicht benutzt hatte, zu den beiden neuen Schneeschaufeln hinüber. Es würde Stunden dauern. Vom Waldrand her hörte er einige Krähen, er umrundete das Wohnhaus und wartete darauf, daß seine Augen sich an den blauen Morgen gewöhnten. Das eine braucht das andere nicht auszuschließen. Stille und Lärm. Fohlen und Fisch. Er lächelte, schloß ab, nahm den Rucksack, stieg auf seine Skier und begab sich in den Wald.

Die Hütte würde bald fertig sein. Er überlegte, was er dann machen sollte, vielleicht den Hof anstreichen und renovieren, Möbel kaufen, eine Sauna bauen, ganz normale Dinge, wie alle im Land sie taten ...

Er merkte, daß die Steigung ihm weniger zu schaffen machte als sonst und versuchte halbherzig, auf dem ersten Plateau sein Tempo zu steigern. Als er die Hütte erreicht hatte, machte er dasselbe wie in den vergangenen fünf Tagen, er machte im Ofen Feuer, warf das Dieselaggregat an und stieg den Hang hinter dem kleinen Erdwall hoch, zu einem Moor in der Senke zwischen zwei Felskuppen, wo er den Tankdeckel des Treckers aus der Tasche zog und auf die verschneite Fläche warf.

Er umrundete das offene Terrain in weitem Bogen und verschwand in einem Weidengestrüpp, wo er eine Schutzhütte mit einer Luke im Dach gebaut hatte. Er schlüpfte hinein, öffnete den Leinensack, der an der Wand hing, nahm die Waffe heraus, kontrollierte sie routiniert und schob sie zwischen seine Knie, wie um sie zu wärmen.

Er wäre fast eingeschlafen. Am Vortag hatte er den halben Vormittag verloren, am Tag davor fast eine Stunde. Es war schon ganz hell, als er endlich etwas hörte; keine Vögel, sondern Skier im schweren Schnee, Stöcke, über das leise Dröhnen des Aggregats hinweg. Dann war es wieder still, dann ein schwaches Rauschen, brechende Zweige, Fußestampfen, zwischen den Weiden kam ein Mann zum Vorschein. Der Mann blieb stehen, undeutliches Profil, fünf... zehn Sekunden stand er da, dann ging er aufs Moor hinaus, bückte sich und streckte die Hand nach dem Tankdeckel aus.

Tor richtete sich durch die Öffnung in der Decke auf und sah durch das Zielfernrohr den Kopf des Mannes, etwa fünfundzwanzig Meter entfernt. Der Fremde richtete sich auf.

»Willkommen in Armageddon«, sagte er halblaut. Und der Mann fuhr zusammen, mit einem Ruf, der durch den Wald jagte. Er blieb stehen, als er die Waffe sah.

»Woher hast du gewußt, daß ich diesen Weg kommen würde«, fragte er nach einigen Sekunden des Schweigens. Tor sah, daß sein Adamsapfel kleine Sprünge machte.

»Das ist der einzige Weg hierher. Das Nadelöhr gewissermaßen. Du bist das Kamel.«

Altman schaute sich um und schien endlich zu begreifen, daß die Hütte in einer Senke stand, zu der es nur zwei Zugänge gab, den »Haupteingang«, den der Besitzer benutzte, und diesen, den ein cleverer Verfolger zwangsläufig nehmen mußte. Er betrachtete den Tankdeckel und trat von einem Ski auf den anderen.

»Was ist das«, murmelte er.

»Ein Tankdeckel.«

»Das, worauf ich stehe, hier unter dem Schnee.«

»Eine Plane.«

Einige Sekunden verstrichen. »Was«, sagte er dann, »was hast du vor.«

»Sag mir, was *du* vorhast.«

»Du bist Ismael: Ich...«

»Dann glaubst du also an dieses Märchen. Es gibt keinen Ismael. Er ist eine Konstruktion.«

»Und wozu soll die gut sein?«

»Damit anständige Menschen überleben können. Wie hast du mich gefunden?«

»Ich dich gefunden?« Altman stieß einen tiefen Seufzer aus, und der Tankdeckel fiel in den Schnee. Abwehrend hob er die Handflächen. Sein Lachen klang nicht nur gezwungen, sondern auch glatt. »Ich konnte nicht glauben, daß du es warst«, sagte er. »Aber dann habe ich erfahren, daß du in Wiesbaden gearbeitet hast. Ich habe mich in den Computer des Reisebüros eingeklinkt, mit dem das Bundeskriminalamt zusammenarbeitet, und deshalb weiß ich, daß an diesem Tag... im September ein norwegischer Beamter nach Oslo gekommen ist. Ich wollte den Namen überprüfen, aber es gab keinen, also mußtest du das sein.«

»Du suchst etwas in einem Reisebüro und glaubst, Ismael zu finden? Warum sollte ich einen Namen benutzen, den es gar nicht gibt?«

»Hör mal...«

»Es spielt keine Rolle.«

»Du bist der Größte. Du hättest mich wiedererkennen können, du hast mich schon wiedererkannt.«

Tor blickte ihn lange durch das Zielfernrohr an. »Ich habe dich nicht wiedererkannt«, sagte er langsam. »Und jetzt kenne ich dich auch nicht. Ich weiß nicht, wer du bist. Es ist unmöglich, dich zu entlarven. Es ist unmöglich, dich freizusprechen oder dich zu verurteilen. Eigentlich hast du nie gelebt.«

»Natürlich lebe ich...«

Tor schoß ihm in den Mund, und eine rosa Wolke stob hinter dem kahlen Kopf zum Himmel empor. Seltsamerweise fiel er vornüber, vielleicht waren die Skier schuld; er fiel zuerst auf die Knie, dann legte er sich langsam zur Seite. Tor zog ihm eine Plastiktüte über den Kopf, wickelte ein Seil um seinen Hals, nahm ihm Skier und Rucksack ab und holte aus der Hütte einen Besen. Er fegte den sauberen Schnee von der

Plane, rollte sie auf und holte einen Schlitten, fuhr mit seiner Fracht zur Hütte hinunter, schaltete das Aggregat aus und begab sich zurück zum Hof. Am Waldrand blieb er stehen und ließ einen Bus vorüberfahren, dann legte er die letzten hundert Meter zum Stall zurück.

Es war milder geworden.

Er zog sich aus und verbrannte seine Kleidung im Ofen, duschte, zog frische Kleider an und gab dem Kätzchen Milch. Danach ging er zur Hauptstraße und sah nach, ob schon Post gekommen war. Das war nicht der Fall. Er zögerte. Keine zweihundert Meter weiter fand er das Auto. Er sah Fußspuren, die auf der anderen Seite den Hang hochführten, dort, wo er einmal Waldvögel gesehen hatte, eine andere Spur führte ins Dickicht. Er stieg in den Wagen und fuhr zum Hof zurück und verstaute die Leiche im Kofferraum. Er holte einen Koffer mit Kleidung zum Wechseln, nahm noch eine Reisetasche mit und fuhr los.

Anderthalb Stunden später hatte er die Osloer Innenstadt erreicht. Eine gute Stunde danach hielt er auf einem ausgestorbenen Waldweg auf der anderen Seite der Stadt, in Finnemarka, im Süden des Tyrifjords. Er zog das Paket in eine Senke, entfernte die Plane, legte Skier und Stöcke neben die Leiche, horchte auf die Stille und gab einen Schuß ab, dann drückte er die Waffe in den schwarzen Schlund. Er bedeckte die Leiche mit Schnee und stopfte Plane und Rucksack in die Reisetasche.

Auf der Rückfahrt nach Oslo hielt er bei einer Tankstelle und warf die Tasche in einen Müllverbrenner. Auf einem Rastplatz frisierte er den Kilometerzähler und säuberte das Auto, dann fuhr er ins Zentrum und parkte vor der britischen Botschaft. Er steckte die Schlüssel ein und ging zu Fuß zum Hauptbahnhof, wusch sich dort auf der Toilette, zog sich um und warf seine Kleidung in verschiedene Container. Um fünf nach vier saß er mit einem Stapel Zeitungen auf dem Schoß im Zug, und als Susi um Viertel nach sechs ihr Büro verließ, stand er vor der Sägemühle am Straßenrand und hob den Daumen. Dichter Schnee fiel.

»Was machst du denn hier?«

»Ich war einkaufen.«

Er stieg zu ihr ins Auto, zog einige Bananen hervor, schälte eine für sie und eine für sich.

»Hast du Schnee geschippt?«

»Nein, aber du kommst schon noch nach oben.«

Tor mußte auf dem letzten Wegstück schieben.

»Was machen wir jetzt?« fragte Susi. »Morgen komm ich hier nicht mehr durch.«

Er trug die Lebensmittel ins Haus und machte Feuer im Ofen. Das Kätzchen sprang auf seinen Schoß.

»Wir haben die Freiheit, die wir wollen, Susi, die Freiheit, die wir uns nehmen. Denk daran, wenn der Globus durch die Nacht segelt und du davon seekrank wirst, Menschen und Tiere, und noch das kleinste Sandkorn.«

Sie lachte.

Er rief den Bauern an, von dem er das Kätzchen hatte, und erkundigte sich nach einem Trecker mit Schneepflug. Sie verabredeten, daß der Bauer den Weg räumen würde, sobald das Schneetreiben sich gelegt hatte.

»Aber billig wird das nicht«, lachte der Bauer.

»Das wollen wir doch mal sehen«, sagte Tor.

7

Gerrit Moland, Staatssekretär a. D., kam sich in mehr als nur einer Hinsicht a. D. vor. Seit seinem Rücktritt waren zwei Monate vergangen, zwei schneidend kalte Wintermonate. An dem Tag, an dem er sich endlich zum Justizminister geschleppt hatte, um reinen Tisch zu machen, hatte er die Hoffnung gehabt, einen Läuterungsprozeß zu durchlaufen, im Ringen um moralische Werte, mit Sanktionen oder ganz normalen Vorwürfen überhäuft zu werden, gern auch mit einer Dosis brutaler Zeitungskommentare. Aber der Minister hatte auf sein Geständnis mit stummer Verärgerung reagiert, ja geradezu mit Abscheu, angesichts der Tatsache, daß Moland so blöd sein konnte zu glauben, sein Problem sei ein Thema, mit dem man einen Minister behelligen dürfe. In den folgenden Minuten, in denen sie einander angeschwiegen hatten, hatte sich über den breiten Schreibtisch des Justizministers hinweg dennoch ein Gespräch zwischen ihnen entwickelt:

Wenn du unbedingt zurücktreten willst, sagte das düstere Gesicht des Ministers, was ich geradezu jämmerlich selbstgerecht fände, dann faß zumindest diesen Entschluß allein, und laß mich damit in Ruhe, oder deine Kinder, oder deine Frau, oder diese Gans, mit der du neuerdings statt mit deiner Frau herumziehst, oder die Partei oder Gott – steh wenigstens ein Mal auf deinen eigenen Füßen.

Na gut. Mein Entschluß steht fest.

Das sollte mit einer gewissen Würde ausgesprochen werden, aber seine Worte klangen wie ein Flehen, waren von einer Bitterkeit erfüllt, die sich an keine bestimmte Adresse richtete. Und Weihnachten und Neujahr wurden zu Höhepunkten in diesem Drama. Die Söhne wollten lieber bei Mama sein, die neue Flamme – die »Gans« – fand seinen Rücktritt weder heroisch noch charmant. Seinen Freunden gegenüber war er übellaunig und abweisend, seine Verwandtschaft hielt er auf Distanz. Er saß in seiner Wohnung hoch über Oslos Dächern und trank Cognac aus dem tibetanischen Gebetsschrank, den er von seinem Exschwiegervater hatte, und stellte sich vor, daß er im Krieg gewesen sei, daß er zwar nicht gekämpft und dabei eine Niederlage erlitten habe, daß er aber dennoch hier im Lazarett liege und auf Florence Nightingale warte, auf irgendein Wunder.

Oder einen Anruf.

Das Telefon klingelte. Immer wieder. Aber nie hob er ab. Doch nur auf diesem Wege konnte es kommen, ob dieses »es« nun die Katharsis war oder ein Job – die Partei hatte ihn nämlich nicht fallenlassen, sondern sich alle Mühe gegeben, ihn warmzuhalten, warm und auf Distanz. Während die Tage verstrichen, die Wochen, während er langsam, aber sicher aus seinem sozialen Netzwerk glitt, immer mit dem Telefon in Reichweite, mit dem roten Lämpchen, das am Anrufbeantworter blinkte – er drückte auf den Knopf, berührte mit den Fingerspitzen ganz leicht die Tischkante und starrte auf die Stadt hinaus, während das Band lief und niemand etwas sagte. Er spulte zurück und glaubte, fernen Hintergrundlärm zu hören, drehte lauter, Verkehr, ein Kran, es konnte aber auch das Rauschen von Röhren sein, dann beendete ein Klicken die geladene Stille und machte zwei konkreten Mitteilungen Platz. Eine stammte von seinen Söhnen, die wild durcheinander ihre Kampfpläne für die winterliche Hockeysaison brüllten, danach ein Anruf von Orion TV, eine Redakteurin namens Sara Lindberg bat um Rückruf... Gerrit Moland hat inzwischen zweimal seine Nummer geändert, deshalb ruft er zurück. Doch Sara Lindberg ist gerade nicht im Haus, sie möge ihn zurückrufen, ja, sie habe seine Nummer. Aber wo hat sie die her? Keine Ahnung. Ministerium? Auskunft? Aber es ist eine Geheimnummer. Sie soll mich unbedingt anrufen. Er hatte Thomas Altman bitten wollen, sich diese Sache anzusehen – lange Schweigeperioden auf einem Anrufbeantworter müssen sich doch analysieren lassen –, aber Altman war unauffindbar, und wieso hatte diese Journalistin seine Nummer?

Er sah sie jeden Abend im Fernsehen und hatte den Eindruck, daß sie ihm etwas sagen wollte, daß sie an der Kamera und den anderen Zuschauern vorbeistarrte und ihn direkt ansah, Gerrit Moland. Schließlich fiel ihm ein, daß sie ihm schon einmal begegnet war, bei der OAA. Er rief sie nicht wieder an, sie rief auch nicht zurück, aber irgendwer rief an und füllte das Band mit noch mehr Schweigen, und wo steckte denn bloß Altman? Dann faßte er eines Abends den Entschluß, Altman aufzusuchen. Er begann den nächsten Tag, wie er früher seine Tage begonnen hatte, duschte, frühstückte und fuhr zur Hauptwache auf Grønland. Altman? Ja, der Fahrstuhl ist da hinten. Er blickte die Empfangsdame fragend an, konnte das wirklich so einfach sein? Ja. Brav ging er in den Fahrstuhl und drückte auf einen Knopf. Im mit Teppichen ausgelegten obersten Stock wurde er von einem älteren Mann in grauem Einreiher, Schlips und Weste in Empfang genommen, Altmans Vorgesetzten, wie sich herausstellte, Robert Borkenheim, der ihm die Hand schüttelte und ihn von Kopf bis Fuß musterte, ehe er ihn in ein Büro führte, das noch stiller war als der Gang, und ihm einen Stuhl anbot.

»Geht es Ihnen nicht gut?«

»Was? Warum fragen Sie?«

»Sie sehen nicht gut aus, ganz einfach, hä, hä.«

»Na gut, ich kann nichts dafür, aber ich habe Angst …«

Er hatte schon mehrere Male gesagt, daß er Angst habe, und er hörte selber, wie pathetisch das klang, deshalb nahm er diese Aussage fast schon wieder zurück. »Nein, nicht direkt Angst, ich …«

»Sie haben sich in Altmans Phantasien hineinziehen lassen, was?«

»Phantasien?«

»Ja, das Haus ist informiert, aber mit Außenstehenden reden wir normalerweise nicht über diese Dinge, falls Sie also …«

»Diese Dinge?«

»Wollen Sie auch weiterhin alles wiederholen, was ich sage?«

»Was?«

»Wollen Sie auch weiterhin alles wiederholen, was ich sage?«

»Ob ich das will?«

Eine lange bedrückende Pause folgte. Moland schaute sich um. An der Wand hing, rechts vom grobgeschnittenen Kopf des Überwachungschefs, ein naturalistisches Gemälde. Es stellte einen Esel und einen Karren auf einer Wiese dar; es war nicht zu erkennen, ob das Tier sich bewegte oder stillstand.

»Hallo«, sagte sein Gesprächspartner. »Sind Sie noch da?«

»Ja, ja, natürlich...«

»Ich möchte Ihnen nur folgendes sagen«, sagte Robert Borkenheim, erhob sich, sagte dann aber nichts mehr. Er umrundete den Tisch und legte Moland eine schwere Hand auf die Schulter. Moland kam mühsam auf die Füße und blickte ihm in die Augen. Es war ein Abschied, das war ihm klar, und dann wurde ihm ein Zettel in die Hand gedrückt.

»Meine Nummer, falls Sie mal das Bedürfnis haben, mit jemandem zu sprechen. Können Sie nachts schlafen?«

»Nein, jemand blockiert meinen Anrufbeantworter.«

»Bitte?«

»Jemand ruft dauernd an, aber ich weiß nicht, wer.«

»Sollen wir uns die Sache einmal ansehen?«

»Nein. Nein – nein.«

»Was ist denn dann das Problem?«

»Nichts.«

Mit zielstrebigen Schritten ging er durch den mit Teppichen ausgelegten Gang und in den Fahrstuhl, der sich wie ein gieriger Schlund vor ihm öffnete, sank ins Foyer hinunter, wo ihn ein kalter Februartag mit beißendem Widerwillen empfing. Die Kieselsteine bohrten sich durch seine dünnen Schuhsohlen, und die Abgase strömten wie blauklarer Rauch durch die Straßen. Er atmete sie ein, nickte energisch zu seinen eigenen Gedanken. Doch, ja, er würde diese Journalistin anrufen, denn so konnte es nicht mehr weitergehen, mit der vielsagenden, summenden und röchelnden Stille des verdammten

Anrufbeantworters, die ihm den Schlaf raubte. Und er hatte es auch langsam satt, sich um diese »äußerst wichtigen« Gutachteraufgaben zu kümmern, die die Partei ihm dauernd zuschanzte, die keinen Menschen interessierten, die aber ungeheuer gut bezahlt wurden, so, als solle damit ein Schweigen erkauft werden. Und am meisten ärgerte er sich darüber, daß der Justizminister sich noch immer begeistert in den Medien äußerte, über Ordnungsprobleme und neue Asylgesetze, über internationale polizeiliche Zusammenarbeit und Gott und die Welt, immer zurückgelehnt, tief aus der Kehle heraus, in Bässen, das Kinn gegen den Hals gepreßt, wie um durch ein beeindruckendes Doppelkinn seine Verantwortung und Unangreifbarkeit zu betonen. Ja, ihm wurde immer übler, wenn er diesen Menschen vor sich sah, der mehr und mehr zur Karikatur von Gut und Böse wurde. Denn natürlich hätte er eine Untersuchungskommission einrichten müssen, nachdem Moland ihn über die Schiebereien der OAA informiert hatte. Er hätte auch einfach die Staatsanwaltschaft verständigen und sagen können, ich übernehme die volle Verantwortung dafür, daß in dieser Sache Ordnung geschaffen wird, ja, dann hätte er im Amt bleiben dürfen, als Verkörperung der Gerechtigkeit. Und etwas stimmte nicht mit den Augen dieser jungen Frau, die ihn vom Bildschirm her anstarrte. Er kannte sie aus der OAA, das wußte er jetzt, aber er hatte sie auch anderswo gesehen, diese Augen, die sich auf schwindelerregende Weise in seine bohrten und eine beklemmende Angst auslösten. Warum rief sie nicht wieder an? Er betrachtete den Zettel mit ihrer Nummer. Eigentlich müßte er sie anrufen, falls er sich je wieder in die Augen schauen wollte. Also rief er an und merkte sofort, daß die Müdigkeit wie flüssiges Blei von seinen Schultern strömte; die Läuterung, die vor drei Monaten hätte eintreten sollen, als er den Minister informiert hatte, setzte jetzt endlich ein. Die Begegnung mit einer Journalistin, der Öffentlichkeit, dem protestantischen Beichtstuhl, machte ihm klar, daß er endlich den richtigen Entschluß gefaßt hatte.

Sie war überrascht von seinem Anruf.

»Aber Sie wollten doch...«

»Ja, schon, ja, schon...«

Bei ihm zu Hause? Warum nicht? Es lag eine gewisse Logik darin, daß sie, die dem Alptraum ein Ende machen sollte, auf demselben Ledersofa saß wie einst, zu Beginn, Thomas Altman.

Warum sie ihn nicht zurückgerufen habe, wollte er wissen. Weil ihr der Fall nicht gefiel, natürlich, und weil sie nicht so recht wußte, ob sie darüber berichten wollte. Aber jetzt hatte er ja selber angerufen. Sie freue sich darüber, daß er freiwillig reden wolle, das würde es für sie beide leichter machen. Nein, ihre Quellen durfte sie ihm nicht nennen.

»Aber du kennst ja meinen Hintergrund«, sagte sie mit schelmischem Lächeln und fügte hinzu: »Falls der für dich eine Rolle spielt.«

»Nein«, sagte er leicht verärgert über dieses typisch journalistische Vorgehen, sich hinter Quellenschutz und fremder Verantwortung zu verstecken.

Er beugte sich vor und begann seinen Bericht damit, daß man ab und zu das Gefühl hat, etwas schon einmal erlebt zu haben, etwas wiederzusehen. Und als er weiterredete, sah er den Fluß vor sich, die Farben der Bäume, das Moor und das Gesicht des Mannes, seine Augen, die Art, wie er diese Augen einsetzte, dieser Schurke, seine eigene Angst, die Kleidungsstücke, die er verschenkt hatte, den Himmel und die Wolken, und er merkte, daß alles verschwand, als er die Dinge jetzt bei ihrem Namen nannte.

Teil III

Tor schaute sich die Videoaufnahme an, die seine Tochter ihm geschickt hatte, eine eilig einberufene Pressekonferenz über eine Polizeireform und neue Asylgesetze. Der neue Justizminister und ein ebenfalls neuer politischer Berater saßen vor einem beeindruckenden Presseaufgebot auf einem Podium. Den Herren assistierte der Osloer Polizeipräsident, der mit den Reformen leben mußte und der sie nun lobte. Doch die Presse interessierte sich eher für einen geheimnisvollen Leichenfund, und Tor fand, der Justizminister sehe ein bißchen mitgenommen aus, vielleicht auch verärgert, doch der Minister räusperte sich und gab auch zu, daß:

»Aufgrund der... besonderen Position des Verstorbenen und der vielen Spekulationen, in denen die Presse derzeit schwelgt, sehe ich natürlich die Notwendigkeit direkter Information unsererseits, und deshalb kann ich immerhin...«

Er griff nach seinem Wasserglas, aber sein Berater hatte diese Geste mißverstanden und erteilte einem Journalisten das Wort.

»Ein Inspektor der Überwachungspolizei war seit über sechs Monaten verschwunden, als er in der vergangenen Woche gefunden wurde, meines Wissens durch puren Zufall. Was können Sie vor diesem Hintergrund zur Arbeit der Polizei sagen?«

»Ich möchte gar nichts zur Arbeit der Polizei sagen, abgesehen davon, daß die Polizei mein volles Vertrauen genießt.«

»Gilt das auch für den Polizeipräsidenten?«

»Was ist das für eine Frage! Natürlich gilt das auch für den Polizeipräsidenten. Wir sind außerdem nicht in der Situation, unseren Beamten nach Lust und Laune kündigen zu können.«

Ein wenig angestrengte Munterkeit kam auf.

»Dann würde ich meine Frage gern an den Polizeipräsidenten richten«, sagte der Journalist. »Sind Sie mit Ihrer Arbeit in diesem Fall zufrieden?«

Alles schwieg einige Sekunden lang, dann erteilte der Justizminister dem Mann in mittleren Alter eine Art Erlaubnis.

»Ich verstehe ja, daß diese Frage gestellt werden muß«, sagte dieser Mann. »Aber es muß auch klar sein, daß wir es aller Wahrscheinlichkeit nach mit einer persönlichen Tragödie zu tun haben. Und wenn ein Mensch sich alle Mühe gibt, nicht gefunden zu werden, dann können wir leider nicht viel tun...«

»Können Sie beschreiben, wie er gefunden wurde?«

»Ja.« Er zögerte, und abermals nickte der Minister ihm fast unmerklich zu. »Eine Familie machte letzten Sonntagvormittag mit dem Auto einen Ausflug, am 18. Juni, und einem Kind fiel ein Gegenstand aus dem Fenster, vielleicht hat es ihn auch geworfen. Der Vater hielt an, setzte zurück...«

»Was war das für ein Gegenstand?«

»Äh... ein Teddy. Der Vater stieg aus und suchte, fand aber nichts. Die anderen Familienmitglieder beteiligten sich an der Suche... und einige Minuten später machte ein Kind diesen Fund.«

»Und Sie sind sicher, daß kein Verbrechen vorliegt?«

Wieder eine Pause. Der Justizminister schien Tor ein wenig gereizt, als er dem Mann in mittleren Jahren wieder die Antwort überließ.

»In diesem Winter hat es nicht viel Schnee gegeben«, sagte der Polizeipräsident. »Und hinter uns liegt ein milder Frühling, da ist es wirklich nicht leicht, Spuren zu sichern. Aber bisher gibt es keinerlei Anzeichen für ein Verbrechen. Wie gesagt, wir sind uns sicher, daß es sich um eine persönliche Tragödie handelt, und ich möchte Sie noch einmal bitten, mit diesem Fall behutsam umzugehen ...«

»Aber auch wenn kein Verbrechen vorliegt, dann wird doch spekuliert werden, ob diese ›Tragödie‹ etwas mit dem starken Druck zu tun hat, unter dem der Dienst seit zwei Jahren steht, seit die Untersuchungskommission eingerichtet worden ist. Können Sie uns dazu etwas sagen?«

»Nein.«

»Aber ist es möglich, daß ein Beamter als Folge dieser ... dieser öffentlichen Aufmerksamkeit und der starken Kritik zum ... Selbstmörder wird?«

»Das kann ich mir nicht vorstellen.«

»Dann muß ich fragen, ob es im Leben des Verstorbenen etwas gegeben haben kann, wovon die Kommission auf keinen Fall erfahren sollte?«

»Davon weiß ich nichts.«

»Aber auch eine ›persönliche Tragödie‹ muß doch ein Motiv haben.«

»Das sind alles nur Spekulationen, an denen ich mich nicht beteiligen möchte ...«

»Aber dieser Mangel eines sichtbaren Motivs, und dazu die Tatsache, daß sein Auto schon vor fünf Monaten vor der britischen Botschaft gefunden worden ist, gibt Ihnen das nicht zu denken?«

»Wir bedenken alle Seiten dieses Falles. Aber nichts weist darauf hin, daß Thomas Altman Verbindungen zur britischen Botschaft hatte oder nach England oder zu irgend etwas, was mit den Spekulationen über die ›Londoner Spur‹ zu tun hat, wie Sie das nennen.«

Der Polizeipräsident schien hinzufügen zu wollen: »Dann hätte das Auto bestimmt woanders gestanden!« Aber er begnügte sich mit einer Geste der Resignation.

Der Justizminister wiederholte die klare Absage, die der Polizeipräsident der »Londoner Spur« erteilt hatte und wollte dann noch »den Anwesenden versichern, daß alle Spekulationen die Beziehungen zwischen beiden Staaten nicht belastet haben, wir arbeiten sogar bei der Aufklärung des Falls zusammen. Danke«.

»Bitte sehr.« Der Berater nickte dem Saal zu, was ihm einen verärgerten Blick seines Vorgesetzten einbrachte, der mit seinem energischen »Danke« die Sache hatte beenden wollen.

»In den Tagen vor Altmans Verschwinden war doch eine Delegation der britischen Überwachungspolizei hier zu Besuch...«

Dem Polizeipräsidenten wurde nach einem fragenden Blick vom Minister abermals Redeerlaubnis erteilt.

»Ja, und darüber stellt die Presse nun seit fast fünf Monaten jeden Tag neue Spekulationen an. Ohne etwas anderes zu erreichen als...«

»Aber ist es denn ein Zufall, daß Sir Alan Biglow, der Chef des britischen Nachrichtendienstes, gefeuert wurde, als der Fall Altman publik wurde und die britische Presse das Thema aufgegriffen hatte?«

»Das sind wieder Ihre Konspirationstheorien. Der britische Nachrichtendienst hat natürlich nichts mit der norwegischen Überwachungspolizei zu tun. Und nach unseren Informationen wurde Biglow durchaus nicht gefeuert, er hatte ganz einfach das Pensionsalter erreicht...«

»Ihm wurde das Vertrauen entzogen, er wollte weiterarbeiten, aber das durfte er nicht, das besagen unsere Informationen.«

»Er hat selber seinen Rücktrittswunsch ausgesprochen.«

»Drei Jahre vor Erreichen des Pensionsalters?«

Der Polizeipräsident zuckte resigniert mit den Schultern. »Worauf wollen Sie eigentlich hinaus? Ich habe doch keine Ahnung vom Seelenleben eines britischen Nachrichtenoffiziers. Vielleicht möchte er auf seine alten Tage Golf spielen.

Und ich möchte Sie abermals um Rücksichtnahme bitten, der Mann hat Familie...«

Das Bild löste sich in Geflimmer auf, dann verstummte auch der Ton, und der Bildschirm wurde schwarz. Tor fluchte und spulte weiter, aber es kam nichts mehr. Er spulte wieder zurück, sah, wie der Justizminister die Pressekonferenz mit der energischen Behauptung eröffnete, das neue Asylgesetz verdanke seinen »restriktiven Geist« durchaus nicht dem OAA-Skandal, die Reform sei im Gegenteil schon lange vor dem Rücktritt seines Vorgängers in die Wege geleitet worden.

Tor nahm die Kassette aus dem Gerät und stellte sie ins Regal. In den Radionachrichten wurde der Fall schon nicht mehr erwähnt. Er ging hinaus in einen milden Junitag, schaute sich um, wie um das Leben auf die Probe zu stellen, zu sehen, ob es ihn trug. Er wippte auf den Fußballen, ja, das Universum sang, und die Liebe murmelte im lautlosen Laub. Susi beugte sich über die auf dem Gartentisch verteilten Papiere, die Abrechnung ihrer neuen Teilhaberschaft.

»Verstehst du das eigentlich, Susi?« fragte er und fischte eine Bierflasche aus einer mit Wasser und Eiswürfeln gefüllten Kühltasche.

»Nein, das sind böhmische Dörfer.«

»Ich finde dich tüchtig. Dieser Trottel hätte seinen Laden nicht halb so gut geleitet wie du. Ich bin stolz auf dich.«

Er leerte die Flasche, griff zur Angel, die am Apfelbaum lehnte, überprüfte die Fliege und Vorfach, ließ sich in den Liegestuhl fallen und machte sich an der Angel zu schaffen. Susi schaute ihn über ihre Papiere hinweg an. Sie tauschten ein Lächeln. Tor erhob sich, sagte: »Bis nachher« und ging zum Fluß hinunter. Der Kater folgte ihm.

»Ach, du glaubst, es gibt was zu essen, Mons«, sagte Tor laut über das Gras hinweg. »Gut, daß dein Glaube so stark ist, meiner ist es nämlich nicht.«

Auf halbem Weg blieb er stehen. Auch der Kater hielt inne,

blickte zu ihm hoch. Tor schaute sich um. Die kleinen Vögel machten im Wald ziemlichen Lärm. Es war heiß, es wimmelte von Lebewesen aller Art, und trotzdem war es ganz still, die Stille des Universums. Der Kater ging weiter, Tor jedoch machte kehrt. Er legte die Angel weg, ging mit dem Mobiltelefon aufs Feld und setzte sich auf eine Graskuppe. Er registrierte, daß Susi ihn dabei beobachtete.

»Sie wird uns besuchen«, sagte er, als er wieder neben ihr stand. Sie blickte ihn fragend an. »Meine Tochter wird uns irgendwann in diesem Sommer besuchen.«

»Ich kann mich also erst noch kämmen?«

»Hast du etwas dagegen?«

»Nein.«

Er sah sie an. »Du hast etwas dagegen, Susi, das sehe ich dir an. Du bist verlegen. Aber dazu hast du keinen Grund.«

Er griff wieder zu seiner Angel. »Komm mit zum Fluß und sieh zu, wie ich unser Mittagessen an Land ziehe.«

»Es gibt Elchsbraten, den letzten Rest.«

Sie legte eine Hand auf die Papiere, trank einen Schluck kalten Kaffee und stand auf. Sie war barfuß. Tor fragte, ob das nicht zu kalt sei. Sie sagte nein. Es ist Sommer. Dann fragte sie, was ihm so zu schaffen mache.

»Nichts«, sagte er.

»Erzähl mir keinen Quatsch, Tor, irgendwas macht dir zu schaffen.«

»Meine Tochter ist sauer auf mich.«

»Laß dir nichts einreden, Töchter sind lebensgefährlich.«

»Sie ist davon überzeugt, daß ich sie in eine unlösbare Zwickmühle gebracht und mich dann einfach abgesetzt habe. Jetzt will sie meinen Rat.«

»Ich hab's ja gleich gesagt.«

Der Kater wartete an der Angelstelle und sprang auf Susis Schoß, als sie sich setzte. Sie hielt die Füße ins Wasser. Tor zog die Schnur aus der knackenden Haspel, drehte zweimal an der Kurbel und ließ die Fliege ein paar Meter oberhalb der verschlagenen Stromschnelle landen, sah zu, wie sie in die weichen Wirbel gezogen und nach unten gesaugt wurde.

»Mons knurrt«, sagte Susi und kraulte den Kater hinter dem Ohr. »Er hat Hunger.«

»Ich gebe mir alle Mühe«, sagte Tor.

Er drehte wieder an der Kurbel und brachte die Fliege näher ans andere Ufer. »Eigentlich glaube ich, die Sache war zu groß für sie«, sagte er. »Ein zurückgetretener Justizminister, Großreinemachen in einer Organisation, der sie selber angehört hat, und dann noch ein härteres Asylgesetz – so hatte sie sich das bestimmt nicht vorgestellt.«

»Hätte sie es bereut, wenn sie es nicht getan hätte?«

»Wie soll sie das herausfinden?«

»Indem sie etwas länger lebt, vielleicht, und wenn sie etwas in der Birne hat.«

Er lachte leise.

»Sind wir einer Meinung?« fragte sie.

»Das waren wir doch immer schon, Susi. Jetzt beißt einer an!«

Die Fliege wurde ins Wasser hinabgesaugt, und die Schnur eilte hinterher wie eine glitzernde Schlange. Tor richtete die Angel zum Himmel und spürte nüchternen Widerstand, dann kam die Fliege mit einem Plopp wieder zum Vorschein. Er fluchte. Susi lachte. Er betrachtete ihre nackten Beine, ihre Füße, die sonnenbraun im klaren Wasser wippten, ihre weißen Zähne, ihre Haare, den Sommer, der mit seiner ganzen blühenden Wärme in ihren Körper eingedrungen war und sie bis zum Rand gefüllt und träge gemacht hatte.

»Wollen wir uns ein bißchen amüsieren, Susi?«

»Hier im Moor? Damit verjagen wir die Fische.«

»Das ist doch egal. Denn was ist schon ein...«

Er wurde unterbrochen von Motorendröhnen, Reifen auf trockenem Kies, und wie üblich erhob er sich auf Zehenspitzen, bis der Wagen vorübergefahren war. Aber das geschah nicht. Das Auto wurde langsamer, ein hellgrüner Citroën fuhr ganz langsam vorbei, hielt an, setzte zurück. Tor konnte Bewegungen auf dem Vordersitz erkennen. Eine Tür wurde geöffnet, ein Stock bohrte sich in den Kies. Markus Danielsens Stock. Der Alte kam mühsam zum Vorschein, blieb stehen und schaute zu Hof, Feldern und Wald hinüber. Tor konnte dem Rücken des Alten ansehen, daß dieser fluchte, dann bückte er sich und sprach mit seiner Fahrerin. Tor ließ seine Angelrute fallen und ging durch das Moor.

»Tor!« sagte der andere mit breitem Lächeln. Danielsen sagte noch etwas durch das offene Fenster, und der Wagen fuhr an. »Endlich«, sagte er. »Hier.«

Reichte ihm eine Flasche McCallan.

»Wie hast du mich gefunden?«

»Die alte Methode. Ich habe auf meine Frau gehört.«

»Ja, das kann ich mir denken.«

»Und auf deine Tochter natürlich. Aber das lag wohl in deiner Absicht.«

Tor lächelte. Der Alte schaute ihn lächelnd an. »Ja, oder etwa nicht?«

»Ich neige eher in eine andere Richtung.«

Der Alte blickte um sich. »Ja, das ist Ismaels Territorium. Ich habe es nie gesehen, aber ich finde es beeindruckend.«

Tor lächelte, sie gingen zum Hof, jeder in einer Reifenspur. Danielsen mußte kleinen Pausen einlegen.

»Aber du solltest wirklich etwas aus den Feldern machen«, keuchte er, »wenn du schon hier lebst. Es ist eine Schande, sie einfach brachliegen zu lassen. Die Kindheit eines Mannes, dem du für dein Leben danken kannst.«

Tor schaute sich um und fragte sich kurz, warum so lange kein Auto mehr vorübergefahren war, warum die Lerchen verstummt waren, warum das Schweigen des Waldes so bedrohlich nahegekommen war.

»Du hast ihr nichts über ihre Mutter erzählt«, sagte der Alte. »War das klug?«

»Ich weiß nicht.«

»Das erste, was ein Vater macht, der seine Tochter ein Leben lang nicht gesehen hat, ist, sie zu belügen?«

»Was ist denn die Lüge? Daß sie bei einer Stiefmutter aufgewachsen ist, oder daß ich ihr nichts davon gesagt habe?«

»Sie erfährt nicht, wer sie ist, und auch nicht, wer du bist.«

»Das ist der Preis der Sicherheit. Solange ich etwas zu sagen habe. Niemand soll ihr etwas tun dürfen. Niemand.«

Der Alte schüttelte den Kopf und schwieg. Er blieb stehen und schaute sich um. »Herrgott, warum haben sie die Häuser so weit von der Straße weg gebaut?«

»Das sind vierhundertsiebenunddreißig Meter. Komm, wir setzen uns auf die Bank und genießen die Aussicht, wir können dabei ja den Whisky probieren.«

»Ich nicht, danke, es ist zu heiß. Übrigens hat mich meine Schwiegertochter gefahren, sie fährt weiter nach Schweden, sie will einkaufen...«

Tor drehte den Verschluß von der Flasche und trank einen Schluck. Zwei Schellenten flogen in geringer Entfernung vorbei. Die beiden Männer schauten hinterher, bis die Enten hinter den gekrümmten Tannen am Feldrand verschwanden. Die Sonne stand noch immer hoch am Himmel. Der Alte zog einen Flachmann hervor und strich sich damit übers Gesicht. Tor hatte nicht erwartet, daß er so alt aussehen würde. Trotzdem war alles noch da, die lebhaften Augen, die Hände, die immer in Bewegung sein mußten, ein junger Mann in einem alten Körper.

»Ja, übrigens«, sagte Danielsen jetzt, »habe ich vor zwei Tagen mit Biglow gesprochen. Ich soll dich grüßen.«

»Biglow«, sagte Tor tonlos. »Biglow, Biglow.«

»Verstell dich nicht, Tor. Aber er verzeiht dir, obwohl man das ja nie wissen kann.«

Tor schwieg.

»Nicht, daß ich viel von solchen Beteuerungen halte«, sagte der Alte. »Deshalb sagte ich, er könne dir verzeihen, soviel er wolle, wir aber würden ihm niemals vergeben.«

Tor schwieg noch immer. Danielsen musterte ihn neugierig. »Du sagst nichts, Tor?«

»Nein, tu ich nicht.«

»Du hast kein Vertrauen zu mir?«

»Du hast mir eine Art Leben gegeben. Du könntest auf die Idee kommen, es zurückzuholen, was weiß ich.« Er war aufgestanden. »Da kommt Susi. Sei nett zu ihr.«

Sie war mit Kater und Angel ein Stück hinter ihnen hergegangen. Danielsen erhob sich und trat, auf seinen Stock gestützt, mitten in den Weg. Sie nahm mit verlegenem Knicks seine Hand: »Susanne.«

»Freut mich, Markus Danielsen. Schön habt ihr es hier. Wollt ihr die Äcker wieder bestellen?«

»Das ist nicht meine Sache ...«

»Es ist immer die Sache der Frau, nicht wahr, Tor?«

Tor hatte ein Auto gehört und richtete sich auf, um die Straße bis zur Brücke im Blick zu haben.

»Jetzt kommt der Feind.« Susi lächelte. »Sie bleiben doch zum Essen? Es dauert nur noch eine halbe Stunde?«

»Ja, gern. Ich werde erst um ... ich weiß gar nicht, wann ich abgeholt werde.«

Sie ging zum Haus, und der Alte wollte sich wieder setzen, aber Tor packte ihn am Arm und zog ihn weiter.

»Hier gibt es wohl viele Gespenster?« fragte der Gast, als sie das Gartentor passierten.

»Nicht meine«, sagte Tor. »Und die, die früher hier waren, habe ich in den Wald gejagt. Es gibt keine Alpträume mehr, keine weißgekleideten Kinder. Keine Rache, kein offenes Ende.«

»Das will ich hoffen. Ich habe dich ja immer unterschätzt,

mein Sohn, aber...« Er änderte seinen Tonfall. »Trotzdem möchte ich noch eins wissen, um selber Ruhe zu finden: Diese Zeichnung, die du mir gegeben hast, die ist nicht auf Ekeberg entstanden, oder? Du hast mir einfach einen von Biglows alten Ackergäulen gegeben, damit ich den weiterreiche, falls es nötig wird?«

Tor reagierte nicht. »Damit Borkenheim die Probleme nach London exportieren und sich darüber echauffieren konnte, daß ein norwegischer Polizeiinspektor auf norwegischem Boden hingerichtet wird, während einer von Biglows Henkern gerade im Land ist. Borkenheim kann ordentlich Krach schlagen, wenn er in seiner gemeinen Stimmung ist, nicht?«

Tor schwieg.

»Du sagst nichts, Tor?«

»Nein, tu ich nicht.«

»Du läßt mich armen Wicht in dem Glauben, daß du cleverer bist als ich?«

»›Lehrmeister idealisieren ihre Schüler immer‹, das war eine von deinen ewigen Warnungen.«

»Zwischen Biglow und Altman hat keine Verbindung bestanden?«

»Ich habe eine hergestellt. So war das. Wir nehmen ab und zu am Leben der anderen teil. Er hatte seine Papiere frisiert, es war unmöglich, festzustellen, wer er war. Aber als der Herr uns ins selbe Zugabteil führte, verband Er damit sicher eine Absicht. Der Bursche erkannte mich, hatte Angst und fing an zu graben. Das merkte ich, hatte Angst und tat es ihm nach. Ich fand aber nur Biglow, einen Verbündeten, und zwar wieder in dem Sommer, als wir durch Bærum gelaufen sind, um eine Mutter für meine Tochter zu finden. Ich dachte, ich sei mit allem fertig. Das war ich nicht.«

Der Alte sah ihn an: »Aber das bist du jetzt«, sagte er langsam. »Und Biglow wird sich für den Rest seines Lebens vor Ismael fürchten. Du hast ihn fertiggemacht, ein für allemal.«

Er lächelte breit, zeigte mit dem Stock auf Tors schweigenden Wald und auf den überwucherten Hof, richtete den Stock dann auf Tors Brust: »Peng!« sagte er. »Jetzt können wir dich endlich begraben.«

Tor stieß ein leises Wiehern aus und lotste seinen Gast dann durch das frisch angestrichene Tor zu einer Bank vor der Sonnenwand. Er holte einen Sonnenschirm und stellte ihn auf. Der Alte seufzte zufrieden. Tor ging ins Haus und sah, daß Susi den Elchsbraten aus dem Herd genommen und auf die Anrichte gestellt hatte. Er öffnete den Küchenschrank, nahm zwei Bierflaschen heraus, blickte sie fragend an, sie schüttelte den Kopf. Er packte Teller und Besteck aufs Tablett und folgte ihr in den Garten, setzte sich neben den Alten auf die Bank.

»Es dauert nur noch ein paar Minuten«, sagte Susi, streifte Gummihandschuhe über und ging in den Kräutergarten hinter den vernachlässigten Apfelbäumen.

»Wunderbare Frau«, murmelte Danielsen. »Wo hast du sie aufgetan?«

»Sie hat mich aufgetan. Und weil ich mich mit Frauen immer schon ausgekannt habe, habe ich zugeschlagen.«

»O nein! Du hast die Schönste geliebt, für einen Moment, das ist deine ganze Erfahrung. Aber gib mir doch einen Schluck Kaffee – in der Kanne da ist doch sicher welcher? –, und laß uns sehen, ob wir sie durchschauen können.«

»Susi?«

»Ja.«

Tor schenkte ein. Sie sahen Susi an. Sie sahen sie im Kräutergarten arbeiten.

»Da!« sagte der Alte. »Hast du das gesehen?«

»Was denn?«

»Sie ist in Hoffnung, sie ist schwanger. Siehst du das nicht?«

»Mach keine Witze. Sie ist einundvierzig, ich bin sechsundfünfzig und habe schon ein Kind.«

»Sie aber nicht. Sie hat dich ausgetrickst, Junge. Das mußt du zugeben. Sie hat dich einfach an der Nase herumgeführt.«

Tor sah sein Lächeln und sprang auf.

»Susi!« rief er. Sie richtete sich auf und schaute zu ihnen hinüber, aber sie hielt sich im Sonnenlicht die Hand über die Augen, deshalb konnte er nicht sehen, ob sie lächelte.

»Was ist los?« rief sie.

Noch einmal, dachte er. Noch einmal. Aber das sagte er nicht.

»Nichts«, sagte er. »Nichts.«